Stefan Köhler

Landser im Weltkrieg 16

Wolfsrudel – Einsatzweg eines deutschen Unterseebootes gegen alliierte Seestreitkräfte

EK-2 Militär

Genau diese Schicksalsgemeinschaften nimmt »Landser im Weltkrieg« in den Blick.

Bei den Romanen aus dieser Reihe handelt es sich um gut recherchierte Werke der Unterhaltungsliteratur, mit denen wir uns der Lebenswirklichkeit des Landsers an der Front annähern. Auf diese Weise gelingt es uns hoffentlich, die Weltkriegsgeneration besser zu verstehen und aus ihren Fehlern, aber auch aus ihrer Erfahrung zu lernen.

Nun wünschen wir Ihnen viel Lesevergnügen mit dem vorliegenden Werk.

Ihre Zufriedenheit ist unser Ziel!

Liebe Leser, liebe Leserinnen,

zunächst möchten wir uns herzlich bei Ihnen dafür bedanken, dass Sie dieses Buch erworben haben. Wir sind ein kleines Familienunternehmen aus Duisburg und freuen uns riesig über jeden einzelnen Verkauf!

Unser wichtigstes Anliegen ist es, Ihnen ein angenehmes Leseerlebnis zu bieten.

Damit uns dies gelingt, sind wir sehr an Ihrer Meinung interessiert. Haben Sie Anregungen für uns? Verbesserungsvorschläge? Kritik?

Schreiben Sie uns gerne: info@ek2-publishing.com

Nun wünschen wir Ihnen ein angenehmes Leseerlebnis!

Heiko und Jill von EK-2 Militär

WOLFSRUDEL

Wolfsrudel

Anfang März 1942

Kriegshafen Brest, besetzter Teil Frankreichs

Kapitänleutnant Hans-Jörg Wegener blies die Wangen auf. »Da hat sich der Flottillenchef aber äußerst fein niedergelassen.«

»Würde ich auch sagen, Herr Kaleu«, stimmte ihm Oberleutnant Wolfgang Engelmann zu. Der IWO und sein Kommandant waren zum Chef der Flottille befohlen worden, der mit seinem Stab eine edel eingerichtete Villa oberhalb des Hafens bezogen hatte. Sollte die luxuriöse Einrichtung der Villa ihre Besucher beeindrucken, so verfehlte sie ihre Wirkung bei den U-Bootleuten. Die empfanden diese pompöse Zurschaustellung von Luxus nach einer sechs Wochen dauernden Fahrt in ihrer engen Eisenröhre, umgeben vom penetranten Dieselgeruch und den Ausdünstungen der Männer, und auf Schritt und Tritt verfolgt vom lauernden Tod, geradezu als obszön.

»Leben wie Gott in Frankreich, IWO«, sagte der Kaleu mit leichter Verbitterung. »Die scheinen das hier wahrlich als Lebensmaxime verinnerlicht zu haben.«

»Ist ja auch nicht weiter schwer, wenn man wie der Flottillenchef sicher auf einem Druckposten an Land sitzt«, hieb Engelmann prompt in die gleiche Kerbe. »Wir in unserer Stahlröhre hingegen…«

»Psst!«, unterbrach Wegener seinen Ersten Wachoffizier, denn eine Ordonnanz in weißer Jacke näherte sich den beiden Offizieren.

»Guten Morgen, die Herren. Wenn der Herr Kaleu und der Herr Oberleutnant bitte ihre Mäntel hier ablegen möchten«, sagte die Ordonnanz ihr Sprüchlein auf, was in den Ohren der U-Bootfahrer reichlich gestelzt klang.

Engelmann runzelte die Stirn, doch Wegener zuckte nur mit den Schultern und legte Mantel und Mütze ab. An seinem Hals wurde das Ritterkreuz sichtbar und auf seiner Uniformjacke hingen neben dem U-Bootkriegsabzeichen auch das EK I und das EK II. Sein IWO war bis auf das Ritterkreuz mit den gleichen Orden und Ehrenzeichen behangen.

Die Ordonnanz schien von den Auszeichnungen nicht sonderlich beeindruckt zu sein. Sie reichte die Mäntel und Mützen an ein wie durch Zauberhand erschienenes Hausmädchen im schwarzen Kleid mit weißer Schürze weiter und deutete dann auf die breite Treppe. »Wenn Sie mir bitte folgen wollen, meine Herren.«

Die Ordonnanz stieg die Treppe hinauf, die beiden Offiziere trotteten ihm folgsam hinterher.

»Möchte mal wissen, wo die vom Stab dieses Hausmädchen aufgetan haben«, raunte Engelmann seinem Kommandanten ins Ohr. »Die war nicht nur bildhübsch, die hatte auch ordentlich Holz vor der Hütte.«

Wegener hätte um ein Haar laut aufgelacht. »Selbstbeherrschung, IWO«, flüsterte er dann ebenso leise zurück. »Selbstbeherrschung.«

Engelmann grinste nur schalkhaft und hob bedauernd die Schultern an.

Als sie den oberen Absatz der Treppe erreicht hatten, streifte der Blick des Kommandanten einige Ölgemälde. Von Kunst verstand Wegener nicht viel, aber ihm war klar, dass diese Gemälde sehr alt und wertvoll sein mussten. Einige Statuen und Marmorsäulen rundeten das noble Ambiente ab.

Die Ordonnanz führte sie zu einer großen Doppeltür, klopfte an und öffnete. »Kapitänleutnant Wegener und Oberleutnant Engelmann«, kündigte sie an.

Als Wegener und Engelmann den Raum betraten, erwartete sie eine kleine Überraschung, denn neben dem Chef der Flottille, Korvettenkapitän Werner Busch, und seinem Adjutanten, Oberleutnant Armin Herzfeldt, waren noch sechs weitere Offiziere anwesend. Oberleutnant Günther Kreienbaum und sein IWO, Leutnant Klaus Fuhrmann, von *U 136*, Oberleutnant Thomas Petersen, der Kommandant von U *142*, und dessen Erster Wachoffizier, Leutnant Wilhelm Kesselbach sowie Oberleutnant Alexander Hoth und Leutnant Frank Linkmann von *U 147*. Wegener kannte die anderen Kommandanten, zwei waren in seiner Kadettenklasse gewesen und alle waren mehr oder weniger eng miteinander befreundet.

»Ah, da sind Sie ja, meine Herren«, begrüßte sie Korvettenkapitän Busch, als sich der Kreis der Offiziere um ihn ein wenig gelichtet hatte. Der Flottillenchef löste sich aus der Gruppe, um Wegener und Engelmann per Handschlag zu begrüßen. »Die wievielte Feindfahrt war das jetzt bei Ihnen auf *U 139* noch gleich, Herr Wegener?«

»Die fünfte, Herr Korvettenkapitän«, antwortete Wegener.

»Beeindruckend. Nun, da wir jetzt vollzählig sind, nehmen Sie doch bitte Platz.« Busch wies auf den großen Konferenztisch, auf dem bereits mehrere Kaffeekannen und Tassen bereitstanden. Der Kartenständer neben dem Tisch war noch abgedeckt und am Kopfende lagen mehrere dünne Kladden.

»Scheint ja ´ne große Nummer zu sein, die der Chef mit uns geplant hat«, meinte Engelmann, als er neben seinem Kommandanten Platz nahm.

»Wir werden es wohl gleich erfahren, IWO.«

Korvettenkapitän Busch lächelte die versammelten Offiziere an. »Wie Sie vermutlich bereits erraten haben, steht eine größere Operation an. Zunächst jedoch möchte ich ein wenig ausholen.« Er zog seine Papiere zurate. »Ich darf annehmen, dass Sie alle mit dem Wehrmachtsbericht für den Januar vertraut sind. 106 alliierte Schiffe mit 419.907 Bruttoregistertonnen wurden von unseren U-Booten versenkt, davon allein 23 Schiffe mit 150.505 BRT während der Operation ›Paukenschlag‹ gegen die US-amerikanische Ostküste.«

Busch machte eine kleine Kunstpause, um diese Worte wirken zu lassen. »Das Oberkommando möchte an diesen Erfolg anknüpfen und deshalb erneut U-Boote an die US-Küste entsenden. Sie, meine Herren, zählen zu unseren erfahrensten Offizieren, und sind Teil dieses Auftrags.«

Der Flottillenchef gab dem wartenden Maat ein Handzeichen, der daraufhin das Tuch von der Karte entfernte. Zu sehen war die gesamte Ostküste des nordamerikanischen Kontinents von Nova Scotia bis Florida; ein vergrößerter Ausschnitt auf der rechten Seite zeigte die Karibik von der Südspitze Floridas bis Venezuela.

»Wie Sie unschwer erkennen können, ist ihr potenzielles Einsatzgebiet viel zu groß, um es mit nur vier Typ IX-Booten abzudecken«, nahm Busch den Faden wieder auf. »Unsere Operation wird sich deshalb in mehrere Teile aufsplitten. Herr Herzfeld, übernehmen Sie bitte.«

Oberleutnant Herzfeld erhob sich und trat vor den Kartenständer. Er benutzte ein Holzlineal als Zeigestock und ließ es von Florida aus nach Süden gleiten. »Die militärische Situation hat sich unseren Informationen zufolge seit Januar nicht grundlegend verändert. Unsere Boote haben zu diesem Zeitpunkt nur Einzelfahrer angetroffen, jedoch keine gesicherten Geleitzüge. Soweit wir wissen, gibt es drei Hauptschifffahrtsrouten. Die östliche Route verläuft von der Mündung des Orinoko an der Küste Venezuelas ausgehend östlich um Barbados herum, bevor sie auf die US-Küste trifft. Die beiden anderen Routen liegen weiter westlich. Schiffe, die von Maracaibo her auslaufen, nehmen meist die westliche Route, die zwischen Kuba und Haiti vorbeiführt; die andere, von Caracas ausgehend, verläuft zwischen Haiti und Puerto Rico, ehe sie sich wieder der US-Küste zuwendet. Vor einigen Wochen war es noch so, dass die Schiffe aller Routen die Inselgruppe der Bahamas östlich passiert haben, aber das kann sich inzwischen geändert haben. Zudem ist nach der Operation ›Paukenschlag‹ davon auszugehen, dass die Amerikaner und Briten ihre

Präsenz in der Karibik erheblich verstärkt haben. Rechnen Sie also mit der Anwesenheit von U-Boot-Jägern und Aufklärungsflugzeugen in diesem Gebiet.«

Herzfeld sah den Flottillenchef an. »Möchten Sie den nächsten Teil wieder übernehmen, Herr Korvettenkapitän?«

»Ja. Ich danke Ihnen, Herr Herzfeld.« Busch öffnete die vor ihm liegende Kladde. »Sowohl die Briten als auch die Amerikaner sind sich der Wichtigkeit dieses Gebiets bewusst und bauen deshalb ihre Stützpunkte in der Karibik weiter aus. Nach den uns vorliegenden Informationen schließt das die Errichtung von sogenannten Radarstationen ein, wie die Alliierten die eigenen Funkmessgeräte nennen. Ihr Part bei dieser Operation wird es sein, den alliierten Nachschub zu stören und so viel Schaden wie möglich anzurichten. Herr Herzfeld, verteilen Sie doch bitte die Papiere.«

Während Oberleutnant Herzfeld damit begann, die Kladden an die Offiziere auszugeben, fuhr Busch fort: »Herr Wegener wird als ranghöchster Offizier den gesamten Einsatz leiten, meine Herren. Sie kennen einander ja schon und deshalb wird es in dieser Hinsicht ja wohl keine Probleme geben. Oder, meine Herren?«

»Natürlich nicht, Herr Korvettenkapitän«, sagte Oberleutnant Kreienbaum stellvertretend für alle. »Wir haben schon mehrere Einsätze zusammen durchgeführt.«

Wegener nickte dem Kommandanten von *U 136* zu. »Danke für Ihr Vertrauen, Herr Kreienbaum.«

Busch lächelte hintergründig. »Ach, wenn doch nur alle Besprechungen so harmonisch verliefen.«

Leises Gelächter hallte durch den Raum, während der Flottillenchef feixte. »Lachen Sie nicht, meine Herren! Lachen Sie nicht! Sie machen sich ja kein Bild davon, wie es manchmal hier bei uns im Stab zugeht, wenn ich es mit dem Leiter der Werft oder dem Nachschuboffizier zu tun bekomme.«

Dann wurde das Gesicht des Korvettenkapitäns wieder ernst. »In den vor Ihnen liegenden Ordnern finden

Sie alle weiteren Informationen, die unser B-Dienst über alliierte Flottenbewegungen vor der französischen Küste, im Atlantik und in der Karibik zusammentragen konnte. Dies ist aber nur der vorläufige Entwurf der Operation. Ich wollte zuerst mit Ihnen darüber sprechen, meine Herren, und mir anhören, was Sie dazu beizutragen haben.«

Mit dieser einfachen Geste hatte der Flottillenchef bei seinen Offizieren sofort ein Stein im Brett und auch Wegener und Engelmann vergaßen ihren anfänglichen Unmut ob des zur Schau gestellten Prunks der Luxusvilla. Buschs Vorstoß sprach nicht nur für den Zusammenhalt der Flottille, sondern zeugte auch von Menschenführung. Der Flottillenchef wusste, dass in den schriftlichen Berichten nicht immer alle notwendigen Informationen enthalten waren, und verließ sich bei der Planung im hohen Maße auf die praktischen Erfahrungen seiner Offiziere.

Zudem war der vorbereitete Entwurf derart gestaltet, dass nur noch die Koordination zwischen den vier beteiligten U-Booten zu regeln blieb. Der kniffligste Teil des gesamten Unternehmens war jedoch vorerst das Auslaufen aus Brest.

»Ein großer Vorteil für uns ist, dass wir dem alliierten Radar nicht mehr wehrlos ausgeliefert sind«, sagte Oberleutnant Petersen, der Kommandant von *U 142*. »Unser Funkmessbeobachtungsgerät zeigt uns sofort an, ob und aus welcher Richtung wir geortet worden sind. Diesen Vorteil sollten wir beim Auslaufen nutzen.«

»Sehe ich genauso. Laut B-Dienst liegen jede Nacht vor der Küste der Bretagne mindestens drei, wahrscheinlich sogar sechs U-Jäger und lauern auf unsere Boote, die den Hafen verlassen oder anlaufen wollen«, sagte Hoth von *U 147*. »Vier unserer Boote gegen zwei Gruppen aus je drei Fregatten oder Korvetten der Tommys, das klingt doch gar nicht schlecht.«

»Sollte es dennoch knapp werden, legen wir ihnen einen Bold vor die Nase und verschwinden«, führte Oberleutnant Petersen weiter aus. »Wenn sie einen von uns trotzdem an den Kanthaken nehmen sollten, dann muss eben einer der anderen den Tommys einen Aal auf den Pelz brennen.«

»Wir werden Ihr Auslaufen wie üblich mit den Küstenbatterien abstimmen, damit die Ihnen, falls nötig, Feuerschutz geben können.« Oberleutnant Herzfeld tippte mit dem Finger auf die vor ihm liegende Seekarte der Biskaya. »Solange Sie sich in Reichweite der Küstenbatterien befinden, ist ein Angriff eher unwahrscheinlich, aber danach dürfte es spannend werden.«

»Ich nehme doch stark an, dass Sie angesichts der herrschenden Lage auf die große Verabschiedung verzichten möchten, meine Herren?«, sagte Busch.

»Natürlich, Herr Korvettenkapitän«, gab Wegener sofort zurück.

»Gut, dann wäre auch das geregelt.« Busch sah in die Runde. »Gibt es sonst noch etwas, dass ich für Sie tun kann, meine Herren?«

»Übernahme von Treibstoff und Munition?«, fragte Kreienbaum nach.

»Erfolgt wie üblich im Arsenal«, antwortete Herzfeld wie aus der Pistole geschossen. »Sie werden mit dem Treibstoff ein wenig haushalten müssen, aber auf dem Rückmarsch vom Operationsgebiet werden Sie auf hoher See betankt.«

»Gut, das wäre meine nächste Frage gewesen.« Kreienbaum schien zufrieden zu sein.

»Wir benötigen noch einen Ersatzmann für unseren IIWO«, warf Wegener ein. »Leutnant Schneider liegt mit einem Blinddarmdurchbruch im Lazarett und fällt vorerst aus.«

»Hmm, ja«, brummte Busch nachdenklich. »Einen Ersatzmann für Ihren Leutnant Rolf Schneider. Wir sind zwar ein wenig knapp an Leuten, aber ich denke, da haben wir doch jemanden für Sie. Herr Herzfeld?«

Der Oberleutnant zog sein Notizbuch hinzu. »Leutnant Siegfried Pauli wäre verfügbar. Er hat drei Feindfahrten auf *U 69* hinter sich und wegen eines Luftangriffs in der Heimat den Abfahrtstermin seines Bootes verpasst. Seine Beurteilungen sind gut.«

Wegener und Engelmann wechselten einen kurzen Blick. »Versuchen wir´s mit Herrn Pauli.«

»Sehr schön, meine Herren. Wenn sonst nichts mehr anliegt, kehren Sie an Bord ihrer Boote zurück und bereiten alles vor. Morgen erfolgt noch eine kurze Besprechung und am Abend können Sie dann mit der Flut auslaufen. Ich danke ihnen.«

*

Wegener, Engelmann und die anderen Offiziere wurden verabschiedet und holten ihre Mützen und Mäntel, bevor sie zum Hafenbecken schlenderten.

»Hans!«, rief Hoth und der Kommandant von *U 139* drehte sich um.

»Was gibt´s denn, Alex?«

Hoth und Linkmann schlossen zu Wegener und Engelmann auf.

»Ich wollte dir nur eine freundschaftliche Warnung zukommen lassen.« Der Kommandant deutete auf seinen IWO. »Lindemann hatte schon mit Pauli zu tun und ...«

Was auch immer Hoth noch sagen wollte, es ging im Heulen der Luftschutzsirene unter.

»Fliegeralarm!«, brüllte Kreienbaum. »Wir müssen in die Bunker!«

Die Männer nahmen die Beine in die Hand und rannten auf den nächstgelegenen Luftschutzbunker zu. Aber sie waren zu langsam; tief über die graue See hinweg, rasten Flugzeuge heran. Zuerst die kleineren Jagdflugzeuge, dahinter die größeren Bomber. Die Jäger nahmen sofort die Küstenstellungen unter Beschuss, während die leichte Flak der Deutschen ihr stakkatoartiges Feuer eröffnete.

»Die wollen die Flak niederhalten, damit die Bomber freie Bahn haben!«, schrie Petersen über das Dröhnen

13

der Triebwerke und das Hämmern der Flugabwehrge-
schütze hinweg. »Oh, verdammt! Der hat's auf uns abgesehen! Volle Deckung!«

Die Männer warfen sich aufs Pflaster.

Ein Hagel aus MG-Geschossen hämmerte hernieder,
riss Löcher in den Boden und ließ einen Regen von Stein-
und Metallsplittern nach allen Seiten fetzen. Dann heul-
te die feindliche Maschine über sie hinweg.

Wegener hob automatisch den Kopf und nahm die britische Kokarde unter den Flügeln des Jägers wahr, den
er als Hurricane erkannte. Über dem Hafenbecken standen die Sprengwölkchen der Flak in der Luft und versuchten, den Wellington-Bombern den Weg zu verlegen.
Doch die Tommys ließen sich davon nicht beirren und
klinkten ihre Bomben aus.

»In den Hauseingang! Los doch!«, trieb Engelmann
seinen Kommandanten an, ergriff ihn am Arm und zerr-
te ihn auf die Füße. Zusammen drängten sich die Männer in den Eingang des Hauses, als auch schon die Bomben unten am Hafen explodierten. Der Boden schien unter ihren Füßen ins Wanken geraten zu sein, Mörtel und
Staub zogen durch die Luft. Die Fenster im Stockwerk
über ihnen gingen zu Bruch und Glassplitter fielen zu
ihren Füßen auf den Boden und zerplatzten in tausend
Bruchstücke.

»Danke, IWO«, sagte Wegener zu Engelmann. »Das
war knapp.«

»Gern geschehen«, grinste der Oberleutnant. »Sie hätten das Gleiche für mich getan.«

Eine Wellington zog über das Hafengebiet hinweg.
Der Bordschütze im Bug bestrich die ganze Umgebung
mit Feuer aus seinen Maschinengewehren, um die Flak
niederzuhalten. Faustgroße Löcher erschienen im Putz
des Hauses, in dessen Eingang die Offiziere Schutz ge-
sucht hatten.

Engelmanns Gesicht verschwand in einer Blutwolke,
die Wegener über und über besudelte, und der Getroffene brach zusammen. Der ganze Kopf war von einem Ge-

schoss zerschmettert worden, graue Hirnmasse ergoss sich aus dem aufgebrochenen Schädel auf das Pflaster.

Wegener war der Tod nicht fremd, aber als ihm bewusst wurde, dass ihm Blut und Hirn seines IWO im Gesicht klebten, revoltierte sein Magen und er musste sich übergeben.

»Gottverdammt!«, fluchte Hoth. »Hans! Bist du in Ordnung? Bist du getroffen?« Der Kommandant von *U 147* wischte Wegener mit einem Taschentuch über die Augen. »Hans? Kannst du mich hören?«

»Ich höre dich, Alex«, krächzte Wegener. Er wollte immer noch nicht glauben, dass Engelmann tot vor ihm lag.

Die Detonationswellen weiterer Bombenexplosionen warfen sie zu Boden. Dichter Staub brachte die Männer zum Husten. Benommen kauerten sie auf dem Pflaster. Dann verschwand das Dröhnen der Flugzeugtriebwerke allmählich und auch das Hämmern der Flak verstummte.

Die Offiziere erhoben sich steif.

»Grundgütiger Gott!«, entfuhr es Kreienbaum. »Das sieht ja aus, als ob die halbe Stadt in Flammen steht!«

Dichter, schwarzer Rauch hing über Brest. Zahlreiche Häuser brannten hell, und aus geborstenen Gasleitungen stiegen grelle Flammenzungen in den Himmel. Einige Franzosen torkelten orientierungslos wie Betrunkene durch die Straßen, während andere versuchten, die sich rasch ausbreitenden Flammen zu bekämpfen. Die Feuerwehr und die Garnisonstruppen beteiligten sich nach und nach bei den Rettungsarbeiten.

Im Wasser des Hafenbeckens trieben die Trümmer einer abgeschossenen Wellington. Die Briten hatten zwar große Schäden an der Stadt angerichtet, die Kaianlagen jedoch zum größten Teil verfehlt. Eine Wasserleitung war zerbombt worden und ließ eine Springflut auf dem Kai entstehen, aber das Arsenal und die Bunker waren intakt geblieben.

Am nächsten Morgen trieben immer noch dichte Rauchwolken durch Brest, einige der brennenden Gebäude hatte man noch nicht löschen können, andere glommen weiter vor sich hin.

»Tut mir sehr leid um Oberleutnant Engelmann«, sagte Korvettenkapitän Busch bedauernd. »Er war ein guter Mann.«

»Er war der beste IWO, den man sich wünschen konnte«, stieß Wegener erbittert hervor. »Er war längst reif für sein eigenes Kommando. Nach dieser Fahrt wollte ich Ihnen eine entsprechende Empfehlung für Engelmann zukommen lassen.«

Einen Moment lang herrschte Schweigen im Büro des Flottillenchefs, dann war das leise Räuspern von Oberleutnant Herzfeld zu vernehmen. »Wir sind uns alle der schwierigen Situation bewusst, in der Sie sich befinden, Herr Kaleu, aber Ihr Auftrag… Sie verstehen sicher.«

Wegener wollte den Adjutanten im ersten Augenblick wütend anblaffen, doch dann war sein Zorn von einer Sekunde zur nächsten verschwunden. Der Mann machte schließlich nur seine Arbeit.

»Ja. Ja, ich verstehe schon.«

Der Kommandant rieb sich über sein Gesicht. Obwohl er Blut und Hirnmasse längst abgewaschen hatte, glaubte er immer noch etwas auf seiner Haut zu spüren. »Ich nehme nicht an, dass Sie irgendwo noch einen IWO gebunkert haben?«

»Bedauerlicherweise ist kein weiteres Personal verfügbar«, sagte Herzfeld, sichtbar erleichtert darüber, dass Wegener Verständnis zeigte. »Aber Leutnant Pauli könnte als ihr IWO einsteigen.«

»Und wen nehme ich dann als IIWO?«, wollte Wegener wissen.

»Da könnte ich dir vielleicht aushelfen«, meldete sich Kreienbaum zu Wort. »Ich habe da einen wirklich hellen Fähnrich an Bord, der zwei Fahrten als Wachoffiziersschüler mit uns absolviert hat. Er ist sozusagen als dritter Wachoffizier mitgefahren, und hat sich als eine echte

Bereicherung für die Mannschaft erwiesen. Der Bootsmann und die Unteroffiziere mussten ihm zwar noch ein wenig zur Hand gehen, aber sonst habe ich keinerlei Bedenken. Ich habe ihn für das EK I empfohlen, nachdem er einen Briten abgeschossen hat, der uns am Ende unserer letzten Fahrt auf die Hörner nehmen wollte. Wenn du es mit ihm versuchen willst, kannst du ihn haben.«

Wegener nickte ihm zu. »Danke. Ich will es versuchen.«

Busch schien ebenfalls von der Lösung angetan. »Gut. Ich bedaure wirklich, Herr Wegener, aber leider bleibt uns keine Zeit, eine bessere Lösung zu finden. In sieben Stunden kentert die Flut und Sie müssen auslaufen.«

»Ich verstehe, Herr Korvettenkapitän.«

Der einzige Lichtblick für den Kommandanten war die eingespielte Mannschaft von *U 139*. Wegener ging sofort in seine Kammer, legte die Bordbekleidung an und suchte dann die Offiziersmesse auf. Dort wurde er schon erwartet.

Oberbootsmann Horst Brandes legte seinem Kommandanten die nötigen Unterlagen vor. »Die Übernahme mit Lebensmitteln und Munition ist bereits abgeschlossen, Herr Kaleu.«

»Danke, Brandes. Was ist mit dem Treibstoff und dem Wasser?«

Leutnant Reinhold Stollenberg, der LI, konnte auf seine Notizen verzichten. »Alle Tanks sind bis zum Anschlag gefüllt, Herr Kaleu. Wir sind frontklar.«

Der Bootsmann und der Leitende Ingenieur hatten dafür gesorgt, dass die Übernahme von Treibstoff, Wasser, Lebensmitteln für sechs Wochen und Munition in den U-Bootbunker reibungslos verlaufen war. Wie gesagt, Wegener verfügte über eine eingespielte Mannschaft.

»Danke, meine Herren. Und unsere Ersatzleute?«

»Leutnant Pauli soll jeden Moment eintreffen, und der Fähnrich, den uns Oberleutnant Kreienbaum überlassen hat, ist bereits auf dem Weg«, berichtete Brandes.

Wegener richtete den Blick auf seinen LI. »Sie haben doch stets so gute Quellen, Herr Stollenberg. Haben Sie irgendetwas über unsere neuen Offiziere in Erfahrung bringen können?«

Die Wangen des LI röteten sich leicht. »Gute Quellen, Herr Kaleu? Nun, ich kenne da in der Tat einige Marinehelferinnen beim Stab, aber das will ja nichts heißen, oder?«

Brandes schmunzelte. Der LI war dem ganzen Boot als Casanova bekannt, der nun wirklich nichts anbrennen ließ.

»Haben Sie oder haben Sie nicht?«, bohrte der Kommandant nach.

Das Eintreffen eines Läufers bewahrte den LI vor einer peinlichen Antwort. »Verzeihung, Herr Kaleu. Unsere Ersatzleute sind eingetroffen.«

»Wie gerufen. Schicken Sie sie gleich zu uns in die Messe. Da können wir ihnen umgehend etwas auf den Zahn fühlen.«

»Jawohl, Herr Kaleu.«

Wegener widmete sich wieder den Unterlagen und sah erst auf, als es am Schott neben der O-Messe klopfte.

»Leutnant zur See Siegfried Pauli, als IWO zur besonderen Verwendung auf *U 139* kommandiert, meldet sich wie befohlen an Bord, Herr Kaleu«, schnarrte der dunkelhaarige Offizier, der vor Wegener stand. Er schien fast einen Kopf kleiner zu sein als der Kommandant. Nun klappte Pauli die Hacken zusammen und grüßte zackig.

Sowohl Wegener als auch Stollenberg und Brandes sahen sich mit leichter Verwunderung an. Auf *U 139* legte man gewiss keinen großen Wert auf übertriebene militärische Umgangsformen, aber ihr neuer IWO meldete sich hier zum Dienst wie ein kleiner Seekadett. Im Gegensatz zu allen anderen Anwesenden trug er eine blaue Marineuniform, auf dem sich neben dem U-Bootkriegsabzeichen auch noch das goldene Mitglieds- und das ebenfalls goldene Leistungsabzeichen der Hitlerjugend befanden.

Ach du lieber Himmel, fuhr es Wegener durch den Kopf. Ein ehemaliger HJ-Führer, der meint, seine HJ-Auszeichnungen zur Schau stellen zu müssen! Hoffentlich war das nicht auch einer von diesen Hundertprozentigen, denn dann konnte es noch eine heitere Reise werden.

»Ähm, willkommen an Bord von *U 139*, Herr Pauli.« Wegener reichte dem Leutnant die Hand und war schier erschrocken über den schlaffen Händedruck. Es fühlte sich an, als hätte Pauli ihm einen toten Hering in die Hand gelegt.

»Danke, Herr Kaleu«, schnarrte Pauli wieder. »Sie können voll und ganz auf mich zählen.«

»Na, dann bin ich ja beruhigt«, konnte sich Stollenberg einen Kommentar nicht verkneifen.

»Wie meinen?«, fragte Pauli und wandte sich dem LI zu.

»Ich sagte: Willkommen an Bord.«

»Danke, Leutnant.«

Wegener sah den zweiten Mann an, der ruhig neben Pauli stand und das Spektakel mit einem leicht amüsierten Zug um die Lippen verfolgt hatte.

»Fähnrich zur See Joachim Dahlen, von *U 136* an Bord von *U 139* kommandiert, Herr Kaleu«, stellte er sich vor und grüßte lässig. Der Fähnrich trug sein Lederpäckchen und die Schirmmütze. Zudem wirkte er, als wäre er einem Rekrutierungsplakat der Waffen-SS entsprungen: groß, blond, muskulös, mit blauen Augen, welche die Anwesenden aufmerksam musterten.

»Auch für Sie gilt: Willkommen an Bord.«

»Danke, Herr Kaleu.« Dahlens Händedruck war kräftig, und er sah seinem neuen Kommandanten dabei prüfend in die Augen. »Oberleutnant Kreienbaum hat mir viel über Sie erzählt. Ich hoffe, ich werde Ihren Anforderungen gerecht.«

»Da bin ich sicher, Fähnrich.« Das stimmte sogar. Kreienbaum war ein gnadenloser Ausbilder, der seine Leute schliff, bis sie kaum noch kriechen konnten, aber er erzielte damit auch hervorragende Ergebnisse.

»Nehmen Sie doch Platz. Sie werden noch Gelegenheit haben, sich mit *U 139* vertraut zu machen, aber zunächst möchten wir gerne wissen, welche Funktionen Sie bisher ausüben durften. Herr Pauli, ich sehe, Sie tragen das U-Bootkriegsabzeichen. Das verrät, dass Sie bereits Fronterfahrung gesammelt haben.«

»Jawohl, Herr Kaleu.« Das Schnarren schien ein fester Bestandteil von Paulis Stimme zu sein, denn er behielt es konsequent bei. Er hockte sich nun ganz steif auf seinen Platz. »Das ist zutreffend. Ich bin als IIWO an Bord von *U 69* gefahren; die Aufgaben eines Wachoffiziers sind mir also bestens vertraut.«

Wegener, der LI und der Bootsmann horchten auf.

»*U 69* ist doch aber ein VII C-Boot, oder?«, hakte Stollenberg nach. »Haben Sie denn gar keine Erfahrung mit unseren IX B-Booten?«

»Meine Erfahrung ist mehr als ausreichend, um meinen Pflichten wie gewünscht nachzukommen«, versetzte Pauli und musterte die kahle Jacke von Fähnrich Dahlen abschätzend. »Ich denke, andere Personen geben da wohl mehr Anlass zur Sorge.«

Das klang nicht nur arrogant, sondern sträflich dumm für Wegener. Vielleicht nahm der Kaleu das aber auch nur so wahr, weil er wegen der HJ-Auszeichnungen etwas voreingenommen war. Auf jeden Fall aber passte ihm das Verhalten von Pauli nicht.

»Ist das so?«, fragte er und ließ ein wenig Kühle in seine Stimme einfließen. »Nun, ich weiß von Oberleutnant Kreienbaum, dass Fähnrich Dahlen auf zwei Feindfahrten als Dritter Wachoffizier Dienst an Bord von *U 136* getan hat, Herr Pauli. So unerfahren kann er dann ja wohl nicht mehr sein, oder?«

Paulis Augen flackerten irritiert, als er hektische Blicke zwischen den Anwesenden hin und her schickte. Die

Äußerung des Kommandanten hatte ihn auf dem falschen Fuß erwischt. »Mhm, das wollte ich damit ja auch gar nicht zum Ausdruck bringen, Herr Kaleu. Das war nur ganz allgemein gehalten.«

»So, so. Um es klar zu sagen, Kompetenzgerangel oder Komplikationen zwischen meinen Offizieren kann ich weder gebrauchen noch tolerieren. Wir haben eine Aufgabe zu erfüllen, meine Herren! Damit Sie sich mit den Abläufen an Bord von *U 139* vertraut machen können, wird Herr Stollenberg Sie herumführen. Aber ziehen Sie sich zuvor noch ihr Bordpäckchen an, Herr Pauli, das ist bestimmt zweckmäßiger.«

»Jawohl, Herr Kaleu«, schnarrte der Leutnant und beeilte sich aufzustehen. Pauli und Stollenberg verschwanden hinter dem Vorhang, der die Offiziersmesse vom Gang abtrennte.

Das war kein guter Anfang, dachte Wegener und sah Dahlen an, der scheinbar ungerührt auf der Backskiste saß. »Viel mehr weiß ich auch nicht über Sie, Herr Dahlen. Welche Funktionen hatten Sie zuvor?«

»Ich war Geschützführer einer 3,7 cm-Flak an Bord der *Georg Thiele*, zumindest bis Narvik, Herr Kaleu.«

Wegener sah den Fähnrich forschend an. Im Kampf um Narvik waren die deutschen Zerstörerverbände schwer gerupft worden, alle zehn eingesetzten Schiffe waren in den Kämpfen verlorengegangen. Die überlebenden Besatzungsmitglieder der gesunkenen Zerstörer hatten als Infanteristen gegen die alliierten Truppen kämpfen müssen und dabei hohe Verluste erlitten.

»Nun lassen Sie sich mal nicht jedes Wort aus der Nase ziehen, Herr Dahlen«, sagte Wegener und vollführte mit der rechten Hand eine auffordernde Bewegung. »Kriegsauszeichnungen?«

Der Fähnrich zuckte gelassen mit den Schultern. »Zerstörerkriegsabzeichen, Narvik-Schild, EK II und das Verwundetenabzeichen. Unter Oberleutnant Kreienbaum das U-Bootkriegsabzeichen und das EK I.«

»Als Sie den Tommy abgeschossen haben?«, vergewisserte sich Wegener.

»Jawohl, Herr Kaleu. Ich war zufällig gerade dabei, die 3,7 zu überprüfen, als der Tommy überraschend aus den Wolken auftauchte. Es blieb keine Zeit, um mit dem Richtschützen den Platz zu tauschen, also schoss ich selbst.«

Das klingt doch vielversprechend, befand der Kommandant. »Mir scheint es so, als hätten Sie nicht verlernt, mit der 3,7 umzugehen. Herr Brandes wird Sie durch unser Boot führen. Sie sind ja mit dem Typ IX schon vertraut.«

Der Fähnrich quittierte die kleine Spitze gegen Pauli mit einem schmalen Lächeln. »Danke, Herr Kaleu.«

Der Bootsmann und der Fähnrich machten ihre Runde durch *U 139*. Die Boote des Typen IX B waren die größeren Geschwister der VII C-Boote und verfügten über gute Seeeigenschaften. Sie waren echte Ozeanboote und konnten auch noch im Südatlantik oder sogar im Indischen Ozean eingesetzt werden. Im Bug befand sich der vordere Torpedoraum mit seinen vier Rohren im Kaliber 53,3 cm mit den dazugehörigen Torpedos. Unter den Bodenplatten verborgen, lag der Stauraum für die Reservetorpedos. Zusätzlich gab es auf jeder Seite des Raumes Kojen, die eingeklappt werden konnten, um mehr Platz zu schaffen. Die zwölf Kojen waren der Schlafplatz von 24 Seeleuten, die hier abwechselnd im Schichtbetrieb ihre Schlafstatt fanden.

Hinter dem ersten Schott lag die Hauptunterkunft, ganz vorne war der Raum für die Unteroffiziere. An der Backbordseite lag das vordere Klo und zwei Reihen mit Kojen, auf der gegenüberliegenden Seite waren drei Reihen Kojen aufgebaut.

Dann folgte der Offiziersbereich, der Raum für sechs Männer bot. Nach dem nächsten Schott stand man vor der Kabine des Kommandanten, den Offiziersunterkünften, dem Sonarraum und der Funkkabine. Herzstück von *U 139* war die Zentrale, hier befanden sich die Steuereinrichtungen des Bootes, die Taucharmaturen, der Navigationstisch, die Ballaststeuerung und das Periskop. Eine Leiter führte hinauf in den Kommandoturm, dort oben waren auch die Kommandobrücke und die Haupteinstiegsluke. Direkt hinter der Zentrale lag der große Maschinenraum mit seinen massiven Diesel- und Elektromotoren.

Die letzte Abteilung bildete der achtere Torpedoraum mit seinen zwei Rohren. Dort waren auch das zweite Klo sowie Unterkünfte für 16 Mann untergebracht.

Mit den insgesamt sechs Torpedorohren, einer 10,5 cm-Deckkanone vor dem Turm, einer 3,7 cm-Flak auf dem Achterdeck und zwei 2 cm-Flak im Wintergarten, war *U 139* gut bewaffnet. Aber auch das neue GHG, das Gruppenhorchgerät, war beeindruckend. 24 Sensoren standen dem Sonargast zur Verfügung, um Richtung und Entfernung einer Schallquelle zu erkennen. Außerdem hatte man bei *U 139* und den anderen Booten das neue Funkmessbeobachtungsgerät (FuMB) eingebaut, mit dem feindliche Radarstrahlung geortet werden konnte.

Oberbootsmann Brandes registrierte mit einem zufriedenen Lächeln, dass Fähnrich Dahlen die Gelegenheit nutzte, um sich mit den Männern bekannt zu machen. Natürlich war es bei einer Mannschaft von 48 Mann unmöglich, sich gleich alle Namen und Funktionen zu merken, aber die wichtigsten Besatzungsmitglieder prägte sich der Fähnrich schon mal ein: Obersteuermann Wahl und Navigationsgast Wisbar, mit denen er in der Zentrale eng zusammenarbeiten würde; das waren die Sonargasten Felmy und Lüttke, die Funkgasten Brandstetter und Mahler sowie die Maate Timmler und Schütter, die beiden Torpedomixer im Bug- beziehungsweise Heckraum, sowie Obermaat Jahnen, den Stellvertreter des LI im Maschinenraum. Dann waren da noch Maat Räbiger, der Geschützführer der 10,5 cm-Deckkanone, und natürlich der Obergefreite Ott, der Smutje, der den neuen IIWO gleich mit reichlich Kaffee versorgte.

Der Flottillenchef hatte die Kommandanten mit einem herzlichen »Gute Jagd und fette Beute« verabschiedet, der offizielle Bahnhof war aus naheliegenden Gründen entfallen. Alle vier Boote lagen seeklar an der Pier und warteten auf den Befehl zum Auslaufen. Kapitänleutnant Wegener befand sich mit seinem neuen IIWO auf dem Brückenturm und sah auf das Leinenkommando auf Deck hinunter. Leutnant Pauli tat Dienst in der Zentrale.

Dann wollen wir doch mal sehen, wie es um unseren IIWO bestellt ist, dachte sich Wegener. »Herr Dahlen, geben Sie Befehl zum Ablegen!«

»Jawohl, Herr Kaleu. Ablegen.«

Obwohl es dunkel war und regnete, konnte Wegener sehen, wie der Fähnrich lässig salutierte. Es herrschten alles andere als gute Bedingungen für einen Neuling, aber der Kaleu wollte eben wissen, was der IIWO auf dem Kasten hatte.

»Leinenkommando Achtung! Alle Trossen bis auf die vordere und achtere Spring lösen!«

Die Trossen wurden gelöst und klatschten ins Hafenwasser; die Mannschaft am Kai holte sie schnell ein.

»Achtere Spring lösen! Ruder Backbord zehn, Backbord-E-Maschine kleine Fahrt voraus!«

Wegener bemerkte, dass der IIWO in die vordere Spring einfuhr, damit das Heck vom Kai loskam. Den Rest würde dann das ablaufende Wasser der Ebbe besorgen. So geschah es auch. Wegener erkannte darin die Handschrift seines Freundes Kreienbaum. Der hatte eine besondere Vorliebe für solche eleganten Manöver.

»Vordere Spring lösen! Beide E-Maschinen kleine Fahrt voraus!«

Die letzte Spring wurde losgeworfen und eingeholt. Die Leinenmannschaft verstaute rasch alles und kletterte geschwind unter Deck.

»Boot ist frei und hält Kurs auf die Fahrrinne, Herr Kaleu«, meldete Dahlen.

»Nicht schlecht, Herr Dahlen.« Wegener war zufrieden mit seinem IIWO.

Vom Ebbstrom mitgezogen, fuhr *U 139* mit den E-Maschinen leise und unbemerkt aus dem großen Bunker hinaus in die Bucht des Hafens. Die anderen drei U-Boote verließen ihre Liegeplätze ebenso heimlich. Das war leider notwendig, denn trotz des regnerischen Wetters gab es genügend Franzosen, die den Hafen mit Argusaugen beobachteten und jede Bewegung sofort an die Briten durchstachen.

Langsam näherte sich *U 139* dem Blinklicht der Boje, die im dicht fallenden Regen nur sehr schwer auszumachen war. Hier begann die Fahrrinne, die aus dem Kriegshafen hinausführte. Wegener sah nach achtern; das nachfolgende Boot war nur als grauer Schemen auszumachen; die beiden anderen sah er überhaupt nicht.

»Wenn wir einander schon nicht sehen können, dann sehen uns die Franzosen erst recht nicht«, merkte Wegener an.

»Ihr Wort in Gottes Ohr, Herr Kaleu«, sagte der IIWO abgelenkt, während er angestrengt über den Bug ins Dunkel spähte. Zur Linken wie zur Rechten rückte die die Küstenlinie näher an das Boot heran. Aus Brest heraus gab es nur eine Ausfahrt, und die bildete praktisch einen engen Schlauch zwischen dem Kriegshafen und der offenen See. In regelmäßigen Abständen waren Bojen mit schwachen Blinklichtern positioniert worden, um die Navigation bei Nacht oder schlechter Sicht zu erleichtern. An diesen Bojen mussten sie sich regelrecht entlangtasten, um den Weg zum Atlantik zu finden. Da Ebbe herrschte, entstand in der engen Durchfahrt ein starker Sog, der dem Boot einige zusätzliche Knoten bescherte.

Nach 30 Minuten erreichten sie die Ausfahrt des Schlauches; vor ihnen öffnete sich der weite Atlantik. Oben auf den Klippen ragten die Rohre der Marineartillerie in die Finsternis hinaus. Solange sie sich in ihrem Schutz befanden, würden die Briten nichts versuchen, aber wenn sie erst einmal außer Reichweite der deutschen Geschütze waren, ging es los. Natürlich nur, wenn sich dort draußen wirklich gegnerische Einheiten herumdrückten.

»Blinklicht ein Dez Steuerbord voraus«, meldete der Ausguck. Ein Dez stand für 10 Grad.

»Die letzte Boje«, sagte Dahlen angespannt. »Gleich werden wir wissen, ob die Tommys da sind.«

»Nur die Ruhe, IIWO.« Wegener schob sich seine alte speckig-weiße Kommandantenmütze in den Nacken. »Die Tommys kochen auch nur mit Wasser. Und bei diesem Sauwetter können die ebenso wenig sehen wie wir.«

Der IIWO sah zu ihm hinüber, sagte aber klugerweise nichts. Dahlen ließ er auf die Diesel umkuppeln.

Sie passierten die Ausfahrt; im Süden lag Camaret-sur-Mer, im Norden der Leuchtturm von Phare de Saint Mathieu. Diese Seegebiet vor der bretonischen Küste war der für die deutschen U-Boote gefährlichste Abschnitt jeder Fahrt, egal, ob sie nun nach Brest hinein oder aus dem Hafen heraus wollten, denn hier lagen die britischen U-Jagd-Gruppen auf der Lauer. Die schwachen deutschen Seestreitkräfte in diesem Bereich brauchten die Tommys nicht zu fürchten; von dem einen oder anderen Vorposten- oder Schnellboot mal abgesehen, war die Kriegsmarine kaum präsent. Bis zum Februar war das anders gewesen, da hatten die Dickschiffe *Scharnhorst*, *Gneisenau* und *Prinz Eugen* noch in Brest gelegen.

Den Briten war die Gefahr, die diese schweren Einheiten für ihre Handelsschifffahrt darstellten, natürlich bewusst, und so versuchten sie alles, um die Dickschiffe zu versenken. Die sich ständig wiederholenden Luftangriffe der Briten beschädigten die Schiffe und hätten sie früher oder später endgültig ausgeschaltet. Da sich die militärische Lage durch den ausgebrochenen Krieg mit der Sowjetunion erheblich wandelte, befahl Adolf Hitler, die schweren Einheiten der Kriegsmarine nach Norwegen zu verlegen. Sie sollten die alliierten Konvois auf dem Weg nach Murmansk angreifen. In einem kühnen Unternehmen brachen die drei Dickschiffe durch den Kanal in die Heimat durch – praktisch vor den Nasen der Tommys. Die Briten waren darüber sehr erbost und rächten sich nun an den deutschen U-Booten vor der bretonischen Küste für die erlittene Schmach. Die »Grauen Wölfe« waren seitdem jedenfalls mehr oder weniger auf sich gestellt.

Obwohl Wegener es sich nicht anmerken ließ, so wurde auch er zunehmend nervös und lauschte gespannt auf die Meldungen der Wassertiefe aus der Zentrale. Zum Trimmen des Bootes reichte die Tiefe zwar aus, aber nicht, um dem britischen Ortungsgerät ASDIC zu entgehen. Da kam endlich die erlösende Meldung, auf die Wegener gewartet hatte: »Zentrale an Brücke: Wassertiefe liegt nun zwo-null-null Meter.«

»Brücke an Zentrale: Verstanden«, sagte der IIWO. »Beide Dieselmaschinen Stopp! Auf die E-Maschinen umkuppeln! Alle Mann auf Tauchstation!«

Die Ausgucke und die Bedienungsmannschaften der leichten Flak verschwanden blitzschnell durch das Turmluk im Druckkörper.

»Brücke an Horchraum: Irgendwelche Meldungen?«

Maat Felmy war der diensttuende Sonargast und bemühte sich nun, nachdem die lärmenden Dieselmaschinen verstummt waren, etwas mit seinem GHG aufzufangen. »Horchraum an Brücke: Melde schwaches Schraubengeräusch in drei-fünf-fünf. Kontakt fährt vermutlich Schleichfahrt. Entfernung etwa fünf bis sechs Seemeilen.«

»Alarmtauchen!«

Wegener rutschte die Leiterholme hinunter in die Zentrale, der IIWO schlug die Luke zu und verriegelte den Vortreiber. »Turmluk ist dicht!«

Dann sauste auch er die Leiter hinab und knallte mit den Stiefeln auf das Deck.

»Fluuuten!«, befahl der Kommandant. »Auf 40 Meter gehen!«

Seewasser rauschte in die Tauchzellen, verdrängte die Luft. Der Bug neigte sich nach vorne und das Boot schoss in die Tiefe.

»30 Meter, gehen durch«, sang der LI heraus. »Erbitte Erlaubnis zum Trimmen, Herr Kaleu.«

»Stopp Tiefe! Auf 40 Meter einpendeln! Dann mal los, Herr Stollenberg.«

Der LI und seine Mannschaft waren gut aufeinander eingespielt, da saß jeder Handgriff. Rasch vollzogen sie jeden einzelnen Punkt des Trimmprogramms.

Wegener trat an den Kartentisch. Obersteuermann Wahl hatte den Kontakt bereits eingezeichnet.

»Wir sollten den Burschen da lieber ausweichen. Nach dem Trimmen ist der neue Kurs zwo-vier-null.«

Der LI und seine Leute waren mit dem Trimmen, also dem Gewichtsausgleich, der das Boot auf ebenen Kiel brachte, so weit durch, dass Stollenberg melden konnte: »Trimmen abgeschlossen, Herr Kaleu.«

»Respekt, Herr Stollenberg. Das muss ein neuer Rekord sein.«

Der leitende Ingenieur grinste. »Wir haben im Bunker so weit wie möglich vorgearbeitet und die technischen Einrichtungen gründlich durchgeprüft. Jetzt müssen wir nur noch die Stopfbuchsen kontrollieren.«

Stopfbuchsen, das waren die zahlreichen Außenbordverschlüsse; sie stellten die schwache Stelle eines jeden U-Bootes dar. Drang Wasser durch sie in den inneren Bootskörper vor, war das ein echtes Problem, dass sogar zum Untergang führen konnte.

Der Kommandant nickte. »Auf neue Tiefe gehen: eins-fünf-null Meter. Das sollte reichen, oder, LI?«

»Auf jeden Fall, Herr Kaleu.«

U 139 ging tiefer herunter. Der enorme Wasserdruck verursachte ein Knirschen und Knacken, als sich der Druckkörper des Bootes an die Belastungen anpasste, denen er in größerer Tiefe ausgesetzt war. Obwohl man es mit bloßem Auge nicht wahrnehmen konnte, verbog sich der Stahl des Bootes um Bruchteile eines Millimeters. Aber Metall konnte in diesem geringen Bereich arbeiten, die auf dem Stahl aufgetragene Farbe konnte es jedoch nicht. Folglich platzte der erneuerte Innenanstrich des Druckkörpers teilweise ab und rieselte in feinen Partikeln auf die Männer nieder. Mancher wischte die Farbteilchen unbeachtet ab, denn alle Blicke in der Zentrale klebten am Tiefenmesser. Die Boote vom Typ IX waren für eine Tauchtiefe von 90 bis 100 Meter konstruiert worden. Man hatte angenommen, dies würde ausreichen, um feindlichen Wasserbomben und dem britischen Ortungsgerät ASDIC zu entgehen. Diese Annahme war von der Realität des modernen Seekrieges längst überholt worden. Das verbesserte ASDIC zwang die deutschen U-Boote, in immer größere Tauchtiefen vorzudringen, um sich der Ortung zu entziehen. Das vergrößerte natürlich auch die Gefahr, denn ein Leck in dieser Wassertiefe konnte das Ende bedeuten. Andererseits war der Salzgehalt in diesen Tiefen so hoch, dass die Suchstrahlen des ASDIC-Gerätes zurückgeworfen wurden und dem Gegner Kontakte vermittelten, wo gar keine waren.

Die Besatzung von *U 139* ging das Tauchprogramm durch; Wegener ließ bis auf 200 Meter Tiefe tauchen, um wirklich sicher gehen zu können, dass alle Stopfbuchsen dicht waren.

Der LI war mit dem Ergebnis zufrieden. »Keine Lecks, Herr Kaleu. Wir sind klar.«

»Danke, Herr Stollenberg. Anblasen! Auf Sehrohrtiefe gehen! Ich möchte einen raschen Rundblick nehmen.«

Die Besatzung atmete leise auf. Aus verständlichen Gründen hatten die Männer stets ein mulmiges Gefühl in diesen großen Wassertiefen; hier unten konnte der Druckkörper zerquetscht werden wie eine leere Konservendose. Das Boot schwebte sanft aus der dunklen Tiefe empor.

»80 Meter, gehen durch«, sang der LI aus, den Tiefenmesser fest im Blick.

»Horchraum, was macht der Kontakt?«, fragte Wegener nach.

»Keine Kontakte, Herr Kaleu«, machte der Sonargast sofort Meldung, musste sich dann jedoch verbessern: »Belege das! Kontakt in zwo-neun-fünf. Sehr schwach.«

Der Kommandant reagierte sofort. »Stopp Tiefe! Auf 70 Meter einpendeln! Absolute Ruhe im Boot! Auf Schleichfahrt umkuppeln!«

»Boot hält 70 Meter Tiefe!«

»Ich höre mir unseren Kunden mal selbst an«, sagte Wegener und ging hinüber zur Horchkammer. Felmy reichte dem Kaleu einen Kopfhörer. »Ein ganz seltsamer Kontakt, Herr Kaleu. Ich denke, das ist möglicherweise eine Lenzpumpe, die mit minimaler Kraft läuft.«

»Eine Lenzpumpe?«, vergewisserte sich Wegener. »Eines der anderen Boote vielleicht?«

Der Kaleu brauchte einen Moment, um sich in der Geräuschkulisse unter Wasser zu orientieren, denn dort war es niemals wirklich still. Die verschiedensten Meeresbewohner und Naturphänomene wie etwa Strudel waren eine Quelle stetigen Lärms. Wegener schloss kurz beide Augen, um sich besser konzentrieren zu können, und nahm dann das Geräusch wahr, das Felmy so irritierte.

»Ja«, sagte er leise. »Das könnte wirklich eine Lenzpumpe sein, die mit minimaler Leistung läuft. Frage Peilung?«

»Immer noch zwo-neun-fünf, Herr Kaleu. Jetzt eindeutig als Oberflächenkontakt erkennbar.«

»Danke, Felmy.«

Wegener verließ die Horchkammer und kehrte in die Zentrale zurück. »Es hilft alles nichts, ich muss wissen, wer oder was da oben ist. Anblasen! Auf Sehrohrtiefe gehen! Aber bitte schön mit Gefühl, LI, ja?«

»Ihr habt den Kommandanten gehört«, sagte Stollenberg grinsend. »Also bitte *gefühlvoll* auf Sehrohrtiefe gehen.«

Sämtliche Männer in der Zentrale schmunzelten, als sie den LI das Wort so betont sagen hörten.

Die Druckluft presste das Wasser aus den Tauchzellen und *U 139* stieg weiter auf. Der LI und seine Mannschaft gingen sehr behutsam zu Werke; so dauerte es zwar seine Zeit, bis sie Sehrohrtiefe erreichten, aber sie verhinderten damit, dass das Boot wie ein Korken an die Wasseroberfläche schoss.

»Boot hat Sehrohrtiefe erreicht«, meldete Stollenberg dann.

»Danke, LI. Dann wollen wir mal sehen, wer da herumschippert. Sehrohr ausfahren!«

Das Gehäuse fuhr nach oben und die Optik durchbrach die Wasseroberfläche. Wegener packte die Griffe und presste die Stirn an die dafür vorgesehene Gummiwulst. Er nahm einen schnellen Rundblick durch das Luftzielrohr, aber es war noch zu dunkel für Flugzeuge. Der Kaleu wechselte auf das Seezielrohr und suchte die Kimm ab. Das fahle Licht des Mondes, das durch die aufgerissene Wolkendecke schien, erleichterte ihm die Suche etwas.

»Horchraum, haben Sie den Kontakt nach wie vor in zwo-neun-fünf?«, hakte Wegener nach.

»Zentrale: Bestätige Kontakt in zwo-neun-fünf.«

»Eine Korvette«, berichtete Wegener. Im Mondlicht waren ganz deutlich die Konturen eins kleinen Kriegsschiffs auszumachen, das dem U-Boot einladend seine Steuerbordseite präsentierte. »Liegt gestoppt da wie auf dem Schießstand.«

Der Kaleu drehte das Sehrohr weiter. »Aha, da sind noch zwei! Habe ich´s doch geahnt. Die alte Masche: Der erste spielt den Köder und die beiden anderen warten nur darauf, dass einer von uns darauf hereinfällt. Aber heute Nacht habt ihr die schlechteren Karten, Gentlemen. Rohr Eins bis Sechs klar zum Unterwasserschuss!«

Unter diesen Umständen war die Zielansprache ein Leichtes; der Zentralmaat gab die Werte in den Vorhalterechner ein, der das Ergebnis in die Lenksysteme der G7-Torpedos einspielte.

»Rohre Eins bis Sechs sind klar!«, meldete Dahlen, der schon die Stoppuhr in der Hand hielt. Als IIWO war er für die Waffensysteme verantwortlich.

Jetzt musste es schnell gehen.

»Achtung! Rohr Eins… los! Rohr Zwo… los!«

Die beiden Aale rauschten aus den Rohren; der Kommandant ging auf Nummer sicher und schoss eine Dublette, weil die Entfernungen bei Nacht nur schwer einzuschätzen waren. Ein Torpedo würde mit Sicherheit sein Ziel treffen.

»Rohr Eins und Zwo sind los.« Dahlen startete die Stoppuhr.

Der LI und seine Tauchmannschaft reagierten schnell und fingen das Boot ab; es war immerhin gerade um drei Tonnen leichter geworden und besaß dadurch mehr Auftrieb.

Wegener beobachtete die Korvette und zählte im Stillen die Sekunden mit. Ob die Besatzung ahnte, dass der Tod unaufhaltsam auf sie zuraste?

Die Einschläge der beiden Torpedos hallten wie ein wilder Donnerschlag durch die See. An der Steuerbordseite der Korvette stiegen zwei gewaltige Wassersäulen in den Himmel. Langsam fiel der aufgeworfene Wasservorhang wieder in sich zusammen und gab den Blick auf das Ziel frei – ihr ganzer Bug war bis vor die Brücke abgerissen und Seewasser flutete ins Innere.

»Treffer!«

Jubel brandete auf.

»Ruhe im Boot, Männer!«, befahl Wegener und drehte das Sehrohr zu den beiden anderen Briten-Korvetten.

»Ist denn das die Möglichkeit?«, wunderte sich der Kommandant. »Die anderen Korvetten liegen immer noch gestoppt im Wasser! Ja, pennen die etwa?«

In diesem Moment stob eine weitere Wassersäule am Heck der linken Korvette in die Höhe.

»Treffer auf der zweiten Korvette, da ist einer unserer Kameraden zum Schuss gekommen!«

Wegener konnte sehen, wie brennendes Treiböl aus den aufgerissenen Tanks des Kriegsschiffes in die See strömte und die ganze Szenerie hell erleuchtete.

»Horchraum: Was erzählen die Fische?«

»Ich höre die Schotten brechen, Herr Kaleu! Die beiden sind erledigt!«

Wegener zögerte. Schoss er auf die verbliebene Korvette, gab es für die Besatzungen der getroffenen Schiffe wohl kaum eine Überlebenschance. Als Seemann war es ihm zutiefst zuwider, die Briten – die offenkundig völlig unerfahren waren – einfach so ihrem Schicksal zu überlassen. Anderseits würden sie selbst wohl nicht zögern, ein deutsches U-Boot gnadenlos zu den Fischen zu schicken.

»Horchraum an Zentral: neue Kontakte in null-eins-null. Drei Einheiten, vermutlich Fregatten oder Zerstörer. Entfernung zehn bis zwölf Seemeilen.«

Die Briten hatten also über Funk Hilfe herbeigerufen. Das war es dann für die letzte Korvette, denn in spätestens 30 Minuten würde der neue Verband hier eintreffen und die Treibjagd auf die Deutschen beginnen.

»Rohr Drei und Vier… Achtung! Rohr Drei… los! Rohr Vier… los!«

Ein spürbarer Ruck ging durch das Boot.

»Rohre Drei und Vier sind los!«, meldete Dahlen.

Wegener hörte kaum hin. »Sehrohr einfahren! Wieder auf Kurs zwo-vier-null gehen! Tauchtiefe eins-null-null Meter! Beide E-Maschinen äußerste Kraft voraus!«

»Sehrohr einfahren, Kurs zwo-vier-null, Tiefe eins-null-null«, echote Pauli.

Dahlen behielt den Zeiger der Stoppuhr im Auge. »Jeden Moment…«

Ein lautes Wummern hallte durch das Boot und Jubel ertönte.

»Das war´s für die dritte Korvette!«

Dann erschütterte ein gewaltiger Stoß *U 139*; jeder suchte nach einem Halt. Mächtige Druckwellen beutelten das Boot; das Licht flackerte.

»Schadensmeldungen an Zentrale!«, rief Wegener über den infernalischen Lärm hinweg, doch dann war das Getöse auch schon wieder vorbei.

»Was zum Henker war das denn?«, wunderte sich Pauli.

»Das muss das Munitionsmagazin gewesen sein«, meinte Dahlen. »Und dann noch die scharfen Wasserbomben am Heck… die Korvette ist wahrscheinlich komplett in die Luft geflogen.«

Leutnant Pauli sah den Kommandanten bewundernd an und schüttelte ihm begeistert die Hand. »Ich gratuliere, Herr Kaleu! Zwei Feinde weniger, um die sich das Reich Sorgen machen muss!«

»Ah, lassen Sie mal, IWO«, wehrte Wegener ab, dem das Gehabe von Pauli unangenehm war. »Wir sind noch nicht aus dem Schneider. Zuerst müssen wir die zweite U-Jagdgruppe loswerden, die gerade mit Volldampf angerauscht kommt.«

»Da bringen unsere sieben Knoten doch nichts«, merkte Stollenberg an. »Das kostet uns nur die Batterieladung. Sollten wir nicht lieber auftauchen und Fersengeld geben?«

Pauli fuhr zum LI herum. »Sie kritisieren die Befehle des Kommandanten?«, wollte er empört wissen.

Stollenberg schwoll sichtbar der Kamm, deshalb ging Wegener rasch dazwischen: »Der LI hat völlig recht. 18 Knoten bringen jetzt mehr. Ein guter Kommandant hört auf die Ratschläge seiner erfahrenen Offiziere. Anblasen und Auftauchen! Beide Dieselmaschinen volle Kraft voraus! Die Brückenwache in den Turm!«

Mit voller Kraft davonzulaufen war tatsächlich die beste Möglichkeit. Die Briten mussten ja zunächst einmal ihre Kameraden aus dem Wasser fischen, was bei Dunkelheit gar nicht so einfach war. Erst dann konnten sie Jagd auf die Deutschen machen. Zudem bestand die

Möglichkeit, dass sie glauben könnten, ein einlaufendes U-Boot hätte die Korvetten mit seinen letzten Aalen erledigt. Vielleicht suchten sie zuerst nahe der Küste, wo sie sich mit der Marineartillerie herumschlagen mussten; in der Zwischenzeit konnten die U-Boote entkommen.

Der Turm durchbrach die Wasseroberfläche und die Brückenmannschaft zog auf. Hinter ihnen erleuchtete das brennende Wrack der Korvette die Nacht. Sie hatte einen schweren Wassereinbruch, stand lichterloh in Flammen und doch hielt sie sich immer noch tapfer an der Oberfläche. In den Magazinen entzündete sich knatternd Munition, wirbelte funkensprühend davon und zog dabei helle Streifen durch die Dunkelheit.

Die Brückenwache sah es mit gemischten Gefühlen, während unter ihren Füßen das Deck im Takt der hämmernden Dieselmaschinen vibrierte.

»Keine Rettungsboote im Wasser, nur Flöße und Schwimmer«, stellte Dahlen mit Blick durch sein Nachtglas fest. »Das waren wohl wirklich noch blutige Anfänger. Die andere Korvette ist bereits gesunken und von der dritten ist keine Spur mehr vorhanden. Hundert Mann pro Schiff, einfach so weg. Das ist fürchterlich.«

»Ihr Mitleid ist hier fehl am Platz, Fähnrich«, rügte ihn Pauli. »Die Tommys bombardieren unsere Heimat fast jede Nacht und ermorden dabei wehrlose Frauen und Kinder. Die haben nur bekommen, was sie verdienen.«

»Das hätten genauso gut wir sein können«, erinnerte ihn Dahlen und deutete auf die brennenden Überreste der Korvette. »Das sind Seeleute wie wir.«

»Süß und ehrenvoll ist's, fürs Vaterland zu sterben«, zitierte Pauli.

»Ja, dergleichen haben sie uns in der Hitlerjugend auch erzählt. Narvik hat mich endgültig von solchen Heldengeschichten kuriert.«

»Was erlauben Sie sich?«, polterte der Leutnant los. »Sie… Sie…«

»Geschenkt, Herr Leutnant. Das habe ich alles schon gehört.«

Pauli bedachte den Fähnrich mit einem giftigen Blick, als er den Kommandanten bemerkte, der unbemerkt auf den Turm geklettert war.

»Sie können in der Zentrale übernehmen, IWO.«

»Jawohl, Herr Kaleu,« sagte Pauli, schickte einen letzten Blick zu Dahlen und verschwand dann durch das Turmluk.

»Alles in Ordnung. IIWO?«

»Nur eine kleine Meinungsverschiedenheit mit dem Herrn HJ-Führer«, antwortete Dahlen. Dann wurde dem Fähnrich klar, was er gesagt hatte, und er drehte den Kopf zu Wegener. »Bitte um Verzeihung, Herr Kaleu.«

»Wieso denn, IIWO?«, fragte Wegener und klopfte ihm auf die Schulter. »Wir sind alle Seeleute und natürlich lässt einen so ein Anblick nicht kalt.«

Der Alte hat einen Teil der Unterhaltung mitangehört, ging es Dahlen durch den Kopf.

Wegener sah sich um und aktivierte den Befehlsübermittler: »Brücke an Funkraum: Haben Sie Kontakt zur zweiten Jagdgruppe?«

»Funkraum an Brücke«, meldete sich Funkgast Kleinschmidt. »Kein FuMB-Kontakt.«

»Die fahren ohne Radar?«, fragte sich Dahlen verwundert. »Das ist aber ungewöhnlich.«

»Vielleicht haben die Tommys noch nicht alle ihrer Schiffe mit Radar ausgestattet«, meinte der Kaleu. »Freuen wir uns darüber, solange wir es können.«

Die Briten begannen mit den Bergungsmaßnahmen und zogen ihre Kameraden aus dem Wasser. Als sie die Rettungsaktion beendet hatten, drehten sie in Richtung Küste ab. Vermutlich gingen sie tatsächlich davon aus, dass das deutsche Boot in den Hafen einlaufen wollte.

*

Die brennende Korvette flog etwas später in die Luft, wie eine hochschießende Feuersäule weit hinter *U 139* verkündete. Wegeners Boot nutzte die Verschnaufpause und raste mit Höchstfahrt in den Atlantik hinaus.

»Drei Korvetten versenkt«, meinte Obergefreiter Kubelsky, der Backbordausguck verhalten zu seinem Nebenmann. »Da werden die Tommys aber schon aufgebracht und auf Rache aus sein. Das nehmen die nicht so einfach hin.«

»Glaube ich auch nicht, die werden uns jagen«, stimmte ihm der Gefreite Franke zu, der an Steuerbord Ausschau hielt.

»Was soll das dumme Gerede, Obergefreiter?«, ranzte Pauli, der den Wortwechsel mitbekommen hatte. »Wir haben zwei der verdammten Briten erledigt, ohne auch nur einen Kratzer abzubekommen. Das ist eine hervorragende Leistung! Der Führer wird mit Sicherheit stolz auf uns sein!«

Kubelsky und Franke wechselten rasch einen verstohlenen Blick. Franke rollte mit den Augen, dann sagte der Obergefreite: »Jawohl, Herr Leutnant.«

Der Kommandant tauchte im Turmluk auf und stieg auf die Brücke. »Wachablösung, Herr Pauli.«

Der IWO salutierte zackig. »Jawohl, Wachablösung, Herr Kaleu!«

Wegener winkte lässig mit der Hand ab. »Etwas entspannter, IWO. Immerhin sind wir im Einsatz und nicht in der Kadettenschule.«

»Jawohl, Herr Kaleu!«

Der Wachwechsel vollzog sich rasch, die abgelösten Männer verschwanden unter Deck. Die neue Wache hob bereits die Gläser an die Augen. In einer halben Stunde würde das Dunkel der Nacht langsam dem Licht des neuen Tages weichen.

»Es wird bald hell«, stellte der Kommandant entsprechend fest. »Irgendetwas von den anderen Booten zu sehen?«

»Keine Kontakte, Herr Kaleu«, kam die Meldung.

»Hm.«

Der IIWO sah auf seine Armbanduhr. »Darf ich eine Horchrunde vorschlagen, Herr Kaleu?«

»Es ist Ihre Wache, Herr Dahlen.«

Der IIWO hob die Stimme: »Dieselmaschine Stopp! Horchrunde! Brücke an Horchraum: Was erzählen die Fische?«

Dieses Mal hatte Maat Lüttke Dienst. »Schraubengeräusch in eins-vier-null! Sehr weit entfernt und sehr schwach. Entfernung etwa… zwölf bis 14 Seemeilen.«

»Brücke an Funkraum: irgendwelche FuMB-Kontakte?«

»Keine… belege das! Kontakt in eins-vier-zwo! Peilung konstant! Scheint näher zu kommen!«, rasselte Funkgast Voß seine Meldung hervor.

»Die zweite U-Jagdgruppe«, konstatierte Wegener. »Sie haben bis zur Küste kein einlaufendes U-Boot aufspüren können und die Suche auf die hohe See ausgedehnt. Ist ja kein Wunder.«

»Nicht wirklich«, stimmte Dahlen zu. »Die Tommys sind wahrscheinlich ganz schön angesäuert.«

»Horchraum an Brücke: E-Maschine in eins-eins-fünf! Entfernung unter fünf Seemeilen!«

»Neuer Kurs eins-eins-fünf! Vorfluten! Alles klar zum Alarmtauchen!«, ordnete Dahlen sofort an.

Wegener sah ihn nur an, ohne einen Kommentar abzugeben, während die Alarmklingel schrillte und die Besatzung auf Station eilte. Aber durch den wortlosen Blick schien sich der Fähnrich zu einer Erklärung genötigt: »Es sind wahrscheinlich nur die anderen Boote unseres Rudels, aber man kann ja nie wissen.«

Der Kommandant griente und nickte zustimmend. »Kein Widerspruch, IIWO. Vorsicht ist nun einmal die Mutter der Porzellankiste.«

Dahlen wirkte für einen Moment erleichtert, als er sich umdrehte und mit dem Glas die Oberfläche absuchte. Inzwischen hatte der LI vorfluten lassen. Nur noch der Turm ragte aus dem Wasser empor, was die Silhouette des Bootes erheblich reduzierte und einem potenziellen

Gegner die Entdeckung erschwerte. Die Spannung auf der Brücke stieg langsam an, auch wenn man mit den anderen Booten rechnete, konnte es sich immer noch um einen Briten handeln, der ihnen in den letzten Stunden nachgestellt hatte.

Im Osten verfärbte sich der Himmel langsam orange.

»Flakmannschaft auf Station!«, befahl Dahlen. »Haltet ja die Augen offen, Männer! Bei unserer letzten Fahrt haben die britischen Mistbienen auch niemand kommen sehen, bis es fast zu spät war.«

Wegener gefiel die Umsicht des Fähnrichs. »Ein Fehlalarm ist immer noch besser, als von einem wütenden Tommys auf die Hörner genommen zu werden, also Obacht, Männer!«

Die Deutschen mussten die Zeit nutzen, um sich über das weitere Vorgehen abzusprechen, aber jetzt, wo der neue Tag heranzog, stieg mit jeder Minute an der Oberfläche auch die Gefahr von Luftangriffen.

»Irgendwelche Vorschläge für unser weiteres Vorgehen, wenn wir die anderen Boote getroffen haben?«, wollte Wegener von seinem IIWO wissen.

Dahlen senkte kurz sein Glas, um nachzudenken. »Sobald uns die Tommys auf ihrem Radarschirm entdecken, werden sie auf uns eindrehen. An der Oberfläche haben wir keine Chance, also müssen wir tauchen. Sie werden in Kiellinie anlaufen, um uns alle der Reihe nach mit ihren Wasserbomben eindecken zu können. Wir könnten ihnen einen Bold vor die Nase legen und auf Tiefe gehen, um uns dem ASDIC zu entziehen.«

Die beiden Ausgucke neben den Offizieren – es waren Jost und Zander – spitzten die Ohren, wie der Kommandant bemerkte. Natürlich wollten auch die Männer wissen, wie es um ihre neuen Offiziere bestellt war. Über den IWO hatten sich viele der alten Hasen schon eine vorläufige Meinung gebildet.

»Sie wollen fliehen?«

»Wenn die Briten in Kiellinie auffahren, sind sie den Angriffen der anderen Boote des Rudels ausgesetzt, aber das gilt natürlich nur, wenn die in Schussposition gelangen können, bevor wir angegriffen werden.«

»Sehr schön, Herr Dahlen. Ich sehe, Sie haben gut von Oberleutnant Kreienbaum gelernt.«

»Ich hoffe es, Herr Kaleu«, sagte Dahlen.

»Auftauchendes U-Boot, zwei Dez an Backbord!«, rief der Ausguck.

Wasser schäumte kurz weiß auf, als der Turm des anderen Bootes an die Oberfläche kam.

»Eins von unseren«, stellte Wegener fest. »Das ist Ihr vormaliger Kommandant, Herr Dahlen. Mal sehen, was der von ihrem Vorschlag hält.«

*

Oberleutnant Kreienbaum von *U 136* gefiel der Vorschlag. »Da kannst du mal sehen, das ist meine Schule, Hans!«, rief Kreienbaum geradezu fröhlich von seiner Brücke herüber. »Wenn du den Köder spielst, dann kriegen wir die Tommys an den Haken!«

Alle vier Boote lagen so dicht beieinander, dass die Wachhabenden aufpassen mussten, dass es nicht zu einer Kollision kam. Ihren Bug hatten sie der sich nähernden U-Jagdgruppe zugedreht, damit die Briten auf ihren Radargeräten nicht erkennen konnten, mit wie vielen Gegnern sie es zu tun bekamen.

»Wir zählen auf euch, Günther! Wartet nicht zu lange!«, rief Wegener über das Aufbrüllen der Diesel von *U 136* hinweg.

Kreienbaum hob grüßend die Hand, während sein Boot abdrehte.

Die drei anderen Kommandanten waren erfahrene Männer. Jeder wusste, was zu tun war, weshalb eine kurze Erklärung völlig ausreichend gewesen war. Nacheinander verschwanden die anderen drei Boote wieder unter den Wellen, während *U 139* den Kurs änderte, um den Tommys ein einzelnes in den Atlantik durchgebrochenes U-Boot vorzuspielen.

Der IIWO sah auf seine Uhr. »In zehn, spätestens 15 Minuten haben wir sie am Hals. Brücke an Horchraum: Was erzählen denn die Fische?«

»Horchraum an Brücke: Kontakt in eins-vier-zwo. Entfernung acht Seemeilen. Den Umdrehungen ihrer Schrauben nach, sind es drei Fregatten oder Korvetten.«

»Funkraum: Haben die uns schon auf ihrem Radar?«, rief Wegener.

»Funkraum an Brücke: FuMB meldet gerade Radarkontakt. Wir wurden geortet«, meldete Maat Kleinschmidt.

Wegener schlug auf dem Alarmknopf. »Klar zum Alarmtauchen!« Die Flakbedienung und die Ausgucke verschwanden durch das Turmluk, nur Wegener und der IIWO blieben zurück. Der Kaleu sah auf seine eigene Armbanduhr. »Die sollten jetzt eine schöne Peilung von uns haben! Ab in den Keller!«

Dahlen rutschte nach unten. Wegener stieg in den Turm und schlug den Lukendeckel zu. »Turmluk ist dicht! Fluuuten! AK voraus!«

»Fluuuten! Äußerste Kraft voraus!«, gab der LI die Order weiter.

Während Wegener die Leitersprossen hinunterrutschte, entwich die Druckluft aus den Tauchzellen und Meerwasser brodelte hinein. Mit Hilfe der Tiefenruder und dem Vortrieb der beiden Schrauben gewann *U 139* schnell an Tiefe.

»Auf 50 Meter gehen!«

»50 Meter!«

»Horchraum an Zentrale: Gegner läuft an! Entfernung drei Seemeilen, schnell abnehmend!«

Nun würde sich zeigen, ob der Plan klappte oder nicht. Noch war das Boot nicht vom ASDIC erfasst worden, aber das würde sich jeden Moment ändern können.

»Achterer Torpedoraum, Rohr Fünf und Sechs klar zum Unterwasserschuss. Klar bei Bold!«

Dies war der gefährlichste Moment des ganzen Manövers; in dieser geringen Tiefe gab es keine Chance, den Wasserbomben der Briten zu entkommen.

»Boot ist auf 50 Meter eingependelt, Herr Kaleu«, informierte Leutnant Stollenberg und kaum eine Sekunde später kam auch die Klarmeldung von Obermaat Schütter aus dem Heckraum: »Rohr Fünf, Rohr Sechs und Boldschleuse sind klar!«

»Horchraum: Wo bleiben die verdammten Meldungen?«, schnarrte Pauli und leckte sich nervös die Lippen. Schweiß glänzte auf seiner Stirn. »Wollen Sie wohl antworten!«

Wegener öffnete schon den Mund, aber die Antwort von Lüttke kam ihm dazwischen: »Horchraum an Zentrale: Verband peilt jetzt in eins-vier-vier. Entfernung weniger als eine Seemeile.«

Ein ASDIC-Strahl glitt über die Außenhülle, wanderte weiter und kam dann sofort wieder zurück.

»Da haben sie uns! Achterer Torpedoraum, klar bei Bold!«, rief Wegener. »Bold raus!«

»Bold ist raus!«

»Ruder hart Backbord! Auf Tiefe eins-acht-null Meter gehen! AK voraus!«

»Hart Backbord, Tiefe eins-acht-null, AK voraus!«

Während *U 139* weiter in die Tiefe glitt, breitete sich der Bold hinter dem Boot aus.

Ein Bold bestand aus einem etwa 10 Zentimeter breiten Schwimmkörper, der mit einer Mischung aus grob gemahlenem Calciumhydrid befüllt war. Nach dem Ausstoßen löste das Meerwasser den dünnen Lacküberzug auf, und es entstanden Wasserstoff-Gasblasen. Diese dichte Blasenwolke erschien im ASDIC-Strahl wie ein U-Boot und spielte dem Beobachter an Bord des feindlichen Kriegsschiffes einen Kontakt vor, wo gar keiner war. Während die Fregatte nun mit hochdrehenden Schrauben heranjagte, wich *U 139* nach Backbord aus und tauchte tiefer.

»Auf Schleichfahrt gehen! Festhalten, Männer! Gleich knallt's!«, sagte Wegener.

Die Besatzung klammerte sich fest, achtete jedoch darauf, den Kontakt mit dem inneren Rumpf zu vermeiden. Der durch die Explosionen in Schwingungen versetzte Bootkörper konnte einem glatt das Rückgrat zertrümmern. Da krepierte auch schon die erste Lage aus mehreren Wasserbomben im Kielwasser des Bootes. Noch bevor die ersten Druckwellen den Druckkörper durchschüttelten, folgte schon die nächste Lage.

Wegener krallte sich an der Leiter fest, als das U-Boot von den schweren Detonationen immer wieder heftig durchgeschüttelt wurde. Das Licht begann zu flackern und die schweren Schläge brachten den Rumpf ins Schwingen wie eine Glocke. Die Briten ließen immer neue Wasserbomben von ihren Abrolltischen in die See gleiten, sie schienen über einen schier unerschöpflichen Vorrat dieser Teufelsdinger zu verfügen.

Leutnant Pauli hatte die Arme fest um den Kartentisch geschlungen und starrte mit aufgerissenen Augen zur Decke, während er sich nervös die Lippen leckte

»Die Tommys machen gerade nur den Bold zur Sau«, rief Dahlen, der sich an den Druckleitungen an der Decke über ihm festhielt. »Die Wabos liegen weit ab!«

»Das weiß ich selber!«, schnappte Pauli aufgebracht zurück und wischte sich mit dem Ärmel über die glänzende Stirn.

Dann ließ das Bombardement nach. Wahrscheinlich suchten die Briten nun die Wasseroberfläche nach Trümmern oder einem Ölfleck ab – Anzeichen für ein versenktes U-Boot.

Im nächsten Augenblick erfasste eine gewaltige Erschütterung *U 139*. Das Licht flackerte noch einmal auf und erlosch, während das ohrenbetäubende Krachen einer Explosion durch die enge Stahlröhre hallte. Der ganze Bootskörper wurde in Bewegung versetzt, mehrere Männer verloren den Halt und stürzten auf die Deckplatten.

»Verdammt, jetzt kriegen sie uns doch noch!«, entfuhr es Steuermann Wahl.

»Nein!« Wegener dröhnten die Ohren von dem schrecklichen Donnern und so sprach er viel zu laut. »Das waren zwei oder drei Torpedotreffer auf der Fregatte!«

»Wir brauchen Licht, verdammt!«, schimpfte Stollenberg. »Möller! Die defekte Sicherung suchen und austauschen! Los doch!«

»Jawohl, Herr Leutnant!«

Seine Leute durchsuchten in den dünnen Lichtkegeln ihrer Taschenlampen die Sicherungskästen nach der defekten Schaltung. »Gefunden!«

Einer der Techniker tauschte die Sicherung aus und Licht flutete durch das Boot.

»Ah, so ist das schon besser! Gut gemacht, Möller! – Nanu, was ist denn mit Ihnen passiert, Herr Pauli?«, wunderte sich der LI, denn der IWO lag auf dem Deck und schüttelte nun wie benommen den Kopf. Stollenberg reichte ihm die Hand, um ihn wieder auf die Beine zu helfen.

»Äh… der letzte Stoß hat mich irgendwie vom Kartentisch gefegt«, gab Pauli zu.

»Schadensmeldungen in die Zentrale!«, ordnete der Kommandant an.

Einige Schaugläser und Glühbirnen waren zerbrochen, schlimmeres wurde jedoch nicht festgestellt.

»Lässt sich alles leicht mit Bordmitteln beheben, keine große Sache«, fasste Stollenberg zusammen. »Meine Leute machen sich sofort an die Arbeit.«

»Gut, LI. Ich weiß, ich kann auf Sie und die Männer zählen«, sagte Wegener. »Horchraum: Was erzählen die Fische?«

»Horchraum an Zentrale: Brechende Schotten auf der Fregatte in unserer Nähe.«

»AK voraus!«, reagierte der Kommandant sofort. »Das fehlte uns gerade noch, dass uns der Kerl mit seinen Wabos auf die Birne fällt.«

Das war die große Gefahr bei einem U-Boot-Jäger: sank das Schiff mit den scharfen Wasserbomben an Bord, gingen die Teufelsdinger in der vorher eingestellten Tiefe hoch. Die Explosionen zerrissen alles, was sich in ihrem Wirkungserbreich aufhielt, egal ob es sich dabei um ein deutsches U-Boot oder britische Seeleute im Wasser handelte.

U 139 drehte ab, um den Abstand zu vergrößern, aber die Entfernung zur sinkenden Fregatte schien wegen ihrer geringen Geschwindigkeit von sieben Knoten zuerst gar nicht wachsen zu wollen. Einige Minuten später rollte das Bullern von Unterwasserexplosionen durch den Rumpf des Bootes, aber dieses Mal waren die Erschütterungen weit weniger heftig als bei den Torpedotreffern.

»Das war´s dann für die Fregatte«, stellte Wegener fest. »Die wurde gerade von den eigenen Wabos zerrissen.«

Dahlen sah auf die Karte, wo alle Kontakte eingetragen worden waren. »Wir könnten nach Süden ablaufen und versuchen, den Tommys auszuweichen, Herr Kaleu.«

»Wieso denn Ausweichen?«, wollte Pauli wissen und bohrte einen düsteren Blick in den IIWO. »Wir sollten die Tommys sofort wieder angreifen!«

»Hm. Mir gefällt der Gedanke eigentlich ganz gut«, gestand Wegener ein. »Die Mannschaft ist schon seit Stunden im Alarmzustand. Sie könnte etwas Ruhe und was zu essen gebrauchen.«

»Natürlich, Herr Kommandant!«, schwenkte Pauli sofort herum, was ihm einen verächtlichen Blick des LI einbrachte.

»Wir gehen auf Schleichfahrt. Neuer Kurs zwo-zwo-null.«

»Jawohl, Herr Kaleu! Schleichfahrt, Kurs zwo-zwo-null.«

»Lüttke, was machen die Tommys?«, fragte Wegener nach.

»Eine Fregatte hat gestoppt, wahrscheinlich bergen sie ihre Leute aus dem Wasser. Die andere wurde eindeutig getroffen, aber ich vernehme keine Berstgeräusche. Sie schwimmt also noch.«

»Auf jeden Fall haben die Tommys alle Hände voll zu tun«, meinte Wegener zufrieden. »Dann können wir hoffentlich ungestört verschwinden.«

Die Briten kümmerten sich in der Tat um ihre schiffbrüchigen Kameraden und nahmen danach die zweite Fregatte in den Schlepp, die manövrierunfähig geschossen worden war. Sie vertrauten darauf, dass die Deutschen ihnen während der Rettungsaktion nicht noch einen Aal verpassen würden. Es gab Kommandanten, die hätten angesichts der Lage wohl nicht gezögert und die Gegner versenkt, aber Wegener war kein Mann dieses Schlages. Zudem hatten sie einen Auftrag zu erfüllen.

U 139 lief nach Süden ab, um den Treffpunkt mit dem Rest des Rudels anzusteuern.

*

Der Smutje stellte den Teller vor dem Kommandanten ab. »Schweinebraten mit feiner Sauce und Kartoffeln. Guten Appetit wünsche ich, Herr Kaleu.«

»Danke, Smut. Wenn es so gut schmeckt, wie es aussieht und riecht, haben Sie sich wieder einmal selbst übertroffen.«

Das ging Martin Ott, dem Smutje, natürlich runter wie Öl, denn irgendjemand hatte immer etwas am Speiseplan zu meckern. »Sehen Sie, Herr Leutnant: Dem Herrn Kaleu schmeckt mein Essen.«

Leutnant Stollenberg, die Gabel mit Bratenfleisch auf halbem Wege zum Mund, hielt mitten in der Bewegung inne. »Mir schmeckt Ihr Essen doch ebenfalls, Ott. Nur die Portionen sind zu klein.«

»Es ist halt nicht jeder Mensch mit Ihrem Magen gesegnet, Herr Leutnant«, griente Ott. »Wenn Sie fertig sind, bringe ich Ihnen noch den Nachtisch.«

»Danke, Ott«

Der Smutje verließ die Offiziersmesse.

Wegener versuchte ebenfalls den Schweinebraten. »Mhm, sehr gut. Ich frage mich, wie der Ott das immer wieder hinbekommt. Seine Küche ist kleiner als das Sofa meiner Eltern.«

Der LI lachte leise. »Der gute Ott hat das eben von der Pike auf gelernt. Seine Eltern haben da ein Gasthaus, irgendwo im Badischen.«

»Müsste man bei Gelegenheit mal besuchen.« Wegener spießte mit der Gabel ein Stück Kartoffel auf und schob es in den Mund.

»Müssen wir noch lange getaucht bleiben? Wir sollten so bald wie möglich auftauchen und die Batterien wieder aufladen«, merkte Stollenberg an.

Nun war es an Wegener zu grinsen. Jeden LI trieben die Sorgen um den Ladezustand der Batterien und den Treibstoffverbrauch um. Das galt aber auch für jeden Kommandanten, denn der Zustand der gewaltigen Batterieanordnung im Bauch des Bootes setzte jedem Fahr- und Tauchmanöver enge Grenzen. Über Wasser konnte *U 139* bei zehn Knoten rund 12.000 Seemeilen zurücklegen, also knapp 22.000 Kilometer. Getaucht hingegen betrug die Reichweite nur noch 64 Seemeilen oder 118 Kilometer und das bei gerade einmal jämmerlichen vier Knoten. Und selbst bei dieser geringen Geschwindigkeit schmolz die Ladung der Batterien so schnell dahin wie ein Schneeball in einem Hochofen. Kein Wunder also, dass der LI jede Gelegenheit nutzen wollte, wieder aufzuladen.

»Sobald wir etwas weiter im Süden stehen«, sagte Wegener und schob etwas Braten auf dem Teller hin und her. »Wir sind noch nicht weit genug von den Briten entfernt, um aufzutauchen.«

Der LI stieß ein Seufzen aus. »Ich musste es einfach versuchen, Herr Kaleu. So, wie die Dinge im Augenblick stehen, schaffen wir nämlich höchstens noch 30 bis 35 Seemeilen.«

»Na, dann haben wir ja noch etwas Spielraum, oder etwa nicht, LI?«, bohrte Wegener nach.

»Ein klein wenig, ja«, musste Stollenberg einräumen und sah auf seinen leeren Teller. »Verdammt! Ich sagte ja, der Ott gibt mir immer zu kleine Portionen!«

Wegener lachte in sich hinein. »Es kommt ja noch der Nachtisch.«

»Zum Glück.« Der LI griff in die Brusttasche seines Hemdes, zog kurz sein altes, abgegriffenes Notizbuch hervor und klappte es auf. »Aber unsere Diesel bereiten mir etwas Sorgen.«

»Wieso das? Die wurden doch gerade erst in der Werft überholt und laufen prächtig.«

»Jaaa, noch«, sagte Stollenberg langgezogen und steckte sein Büchlein weg. »Aber in der Werft gibt es keinen Einzigen, der richtig mit unseren Aggregaten umgehen kann. Die Werftheinis reißen meine ganzen Maschinen auseinander, begutachten sie kurz und pfuschen sie irgendwie wieder zusammen. Dabei hätten die Diesel auch dringend komplett überholt werden müssen.«

Auch dieses Klagelied kannte der Kommandant schon zu Genüge. »So schlimm wird es ja wohl schon nicht sein, LI. Immerhin machen wir gute Fahrt, oder?«

»Stimmt schon. Aber egal, wie gut der Zustand der Maschinen auch sein mag, mir wären komplett neue Aggregate am liebsten. Immerhin hat unser Boot schon seine Jährchen auf dem Buckel, und geschont haben wir es in dieser Zeit bestimmt nicht.«

»Tja, woher nehmen und nicht stehlen, was, LI?«

An dem, was der LI bemängelte, war schon etwas dran. *U 139* war im März 1940 in Dienst gestellt worden und hatte unter seinem vorherigen Kommandanten zwei Einsätze absolviert; unter Wegener waren fünf weitere Feindfahrten hinzugekommen. Dazwischen lagen mehrere Wertaufenthalte, in denen man die Maschinen und sonstigen Einrichtungen der nötigen Überholung unterzogen hatte. Die elektronische Ausrüstung und vor allem die so wichtigen Horchgeräte waren dabei auf den neusten Stand gebracht worden. Aber auch all diese Maßnahmen konnten nicht darüber hinwegtäuschen, dass man bei *U 139* so langsam die harte Zeit im Kampfeinsatz zu spüren begann.

Einige Minuten später hatte auch der Kommandant seine Mahlzeit beendet. Entweder verfügte Ott über einen sehr guten Instinkt oder er hatte die Offiziere irgendwie im Blick behalten, jedenfalls brachte er genau in dem Moment den Nachtisch, als Wegener die Gabel beiseitelegte.

»Hier kommt der Nachtisch, meine Herren«, kündigte der Smutje an. »Apfelkompott. Und sogar eine extra große Portion für unseren geschätzten LI.«

Die Ankündigung zauberte ein Lächeln in Stollenbergs Gesicht. »Danke sehr, Ott.«

»Aber gerne, Herr Leutnant.«

Wegener sah zu, wie Stollenberg seine nun wirklich nicht geizig bemessene Portion in Windeseile verputzte. »Haben Sie vielleicht ein Loch im Magen, Reinhold?«

»Nee, Herr Kaleu.« Stollenberg lehnte sich satt und zufrieden zurück und klopfte sich auf seinen beneidenswert flachen Bauch. »Aber bei meiner Arbeit verbrauche ich nun einmal ungeheuer viel Energie. So, wie unser Boot das Treiböl braucht, benötige ich ebenfalls Treibstoff, um in Fahrt zu kommen.«

Der Kommandant musste lachen. »Aha, so ist das also.«

»Na klar doch«, griente der LI.

Es klopfte am Schott neben der Offiziersmesse.

»Fähnrich Dahlen«, kündigte sich der IIWO an. »Darf man eintreten?«

»Sicher, IIWO. Kommen Sie rein.«

Dahlen quetschte sich hinein und pflanzte sich auf die Backskiste. Dann legte er einen Schreibblock auf den Tisch und begann, etwas zu notieren. Dann und wann legte er eine Pause ein und klopfte sich gedankenverloren mit dem Bleistift gegen die Lippe.

Der Smutje tauchte auf, räumte das Gedeck ab und ließ eine Kanne mit frischen Kaffee auf den Tisch. Zuerst schenkte er dem Kommandanten ein, dann dem LI.

»Möchten Sie auch eine Muck voll Kaffee, Fähnrich?«, fragte Ott dann.

Dahlen sah auf. »Ja, vielen Dank, Ott.«

»Wenn Sie sonst noch etwas wünschen, sagen Sie es bitte, Herr Kaleu.«

»Danke, Ott.«

Dahlen spielte ein wenig mit seiner Tasse herum, widmete sich wieder seiner Schreibarbeit, notierte etwas und verharrte dann erneut.

»So gedankenverloren, Fähnrich? Schreiben Sie etwa einen Brief an Ihr Mädchen, das nun ganz allein daheimsitzt und sich vor Sehnsucht die Augen ausheult? Da werden Sie aber noch eine ganze Weile warten müssen, bis Sie den Brief zur Poststelle geben können«, nahm der LI den IIWO ein wenig auf den Arm.

»Das Problem stellt sich mir gar nicht erst, Herr Leutnant«, erwiderte Dahlen. »Daheim wartet kein Mädchen auf mich.«

»Nicht? Nun, dagegen werden wir dringend etwas unternehmen müssen, wenn wir erst wieder in Brest sind, oder, Herr Kaleu?«, meinte Stollenberg und grinste seinen Kommandanten fröhlich an, wobei er ihm ein Auge kniff. »Wir können ja schließlich nicht zulassen, dass Herr Dahlen den Ruf der U-Bootwaffe ruiniert, gell?«

»Das geht nun wirklich nicht an, LI«, stimmte Wegener sofort zu. »Der Ruf der deutschen U-Bootfahrer muss gewahrt werden.«

Dahlen blickte vom LI zum Kommandanten und lächelte, stieg jedoch nicht auf das scherzhafte Geplänkel ein.

»Woran schreiben Sie denn dann?«, hakte Stollenberg nach.

»An meiner ersten Fassung des Gefechtsberichts für das Kriegstagebuch. Ich wollte ihn erst einmal auf dem Schreibblock festhalten, bevor ich ihn ins Buch übertrage, damit ich meine Gedanken sammeln kann. Das gelingt mir aber nicht besonders gut.«

»Woran liegt es?«

»Ich muss dauernd an die britischen Seeleute denken.« Der Adamsapfel des Fähnrichs hüpfte auf und ab, als er schluckte. »Oberleutnant Kreienbaum hat mir einmal attestiert, dass ich immer zu viel nachdenken würde und gemeint, das schade bei einem Seeoffizier nur.«

»Nun«, sagte Wegener gedehnt, »Nachdenken hat noch niemandem geschadet. Zumindest nicht, wenn es zum richtigen Zeitpunkt erfolgt.«

»Das sagte Oberleutnant Kreienbaum ebenfalls, Herr Kaleu.« Dahlen drehte den Bleistift zwischen den Fingern. »Verstehen Sie mich bitte nicht falsch, Herr Kaleu: Ich werde auch weiterhin alles tun, um meine Pflicht zu erfüllen. Aber das Schicksal der Briten geht mir sehr nahe.«

»Sie haben sich doch wohl im Kampf um Narvik gut gehalten, Fähnrich?«, fragte Stollenberg nach. »Ich meine, Sie wurden doch ausgezeichnet, oder?«

»Schon, Herr Leutnant. Aber ich kann die Gesichter der Männer, die ich dort getötet habe, einfach nicht vergessen.«

»Viel mehr als die offizielle Version kennen wir leider nicht«, merkte Wegener an. »Wenn Sie vielleicht darüber reden möchten …«

Der Fähnrich nahm einen Schluck Kaffee. »Da gibt es nicht viel zu berichten. Die überlebenden Besatzungsmitglieder unserer Zerstörer wurden notgedrungen im sogenannten »Marineregiment Narvik« zusammengefasst. Wir waren etwa 2.600 Mann, dazu kamen noch knapp 2.000 Gebirgsjäger unter General Dietl. Ich wurde einem MG-Trupp als Schütze zugewiesen. Wie man so hört, sollen die Landungstruppen der Alliierten um die 24.500 Mann gezählt haben. Auf jeden Fall waren wir ihnen zahlenmäßig weit unterlegen. Glauben Sie mir, es gibt kaum etwas Schlimmeres als den Häuserkampf. Rings um einen herum knallt es, überall Granaten und Querschläger. Man ist sich nicht einmal sicher, ob es nun feindlicher oder eigener Beschuss ist, der da nach einem greift.«

Der Fähnrich nahm einen weiteren Schluck Kaffee zu sich, bevor er fortfuhr: »Der Kamerad neben einem fällt einfach um und ist tot. Manchmal schießt man auch nur aus Verdacht mit dem MG in den Qualm und Rauch hinein und steht plötzlich vor einem toten Briten, Franzosen oder Norweger, der auch nicht älter ist als man selbst. Dann wird man selber getroffen und liegt die ganze Zeit zwischen den Toten, die einen aus leeren Augen anstarren. Daran musste ich denken, als ich die Tommys im Wasser sah. Es ist… nicht einfach.«

Wegener und Stollenberg wechselten einen knappen Blick.

»Lassen Sie mich Ihnen versichern, dass wir dafür vollstes Verständnis haben, Herr Dahlen«, sagte der Kommandant leise. »Ich erklärte Ihnen ja schon, dass wir alle Seeleute sind, und natürlich fühlen wir auch mit den Seeleuten der anderen Seite. Wir könnten uns ebenso gut an ihrer Stelle wiederfinden und vielleicht geschieht das auch eines Tages. Wir alle tun unsere Pflicht. Aber wir sind eben auch nur Menschen. Und das sollten wir meiner Ansicht nach auch bleiben.«

Ein dünnes Lächeln erschien im Gesicht des Fähnrichs. »Das klingt nun aber ganz anders als die Worte von Leutnant Pauli, Herr Kaleu.«

»Wieso das?«, wunderte sich Stollenberg.

Dahlen suchte nach einer möglichst unbedenklichen Umschreibung, denn trotz der offenen Worte seines Kommandanten wusste er schließlich nichts über dessen politische Ansichten oder die des Leitenden Ingenieurs. »Ich bin kein Freund von diesen… nun, sagen wir… politischen Phrasen, die Leutnant Pauli immer zum Besten gibt.«

Ein Verdacht reifte in Wegener heran. »Ist Leutnant Pauli etwa ein Napola-Absolvent?«

»Ja, das hat er mir gegenüber gleich erwähnt«, sagte Dahlen.

Das erklärte so einiges an Paulis Verhalten. Napola, das war die Kurzform für Nationalpolitische Erziehungsanstalt, in denen die zukünftige Führungselite der NSDAP herangezogen wurde. Dort predigten fanatische Parteianhänger den jungen Leuten nationalpolitisches Gedankengut, germanische Heldenverehrung, Treue zu Führer, Volk und Vaterland und verherrlichten den glorreichen Heldentod, der Niederlage oder Gefangenschaft jederzeit vorzuziehen sei. Viele Napola-Absolventen gingen nach Ende ihrer Ausbildung zur Waffen-SS, aber Pauli hatte sich offenbar aus Prestigegründen für die Kriegsmarine und die U-Bootwaffe entschieden.

»Waren Sie auch in der HJ?«, versuchte Stollenberg eine harmlose Frage zu stellen.

»Nun, ich war in der Marine-HJ, aber nur, weil ich unbedingt zur Kriegsmarine wollte. Dort war man aber nicht sonderlich zufrieden mit mir. Unsere HJ-Führer bemängelten des Öfteren meine politische Einstellung«, gab Dahlen unumwunden zu.

Stollenberg klopfte ihm kameradschaftlich auf die Schulter. »Sie werden mir immer sympathischer, Herr Dahlen! Bei mir war es genau das Gleiche!«

Der Fähnrich sah überrascht zum LI. »Ernsthaft?«

»Na klar! Sie befinden sich sozusagen in guter Gesellschaft«, deutete Stollenberg an und zeigte auf Wegener.

Dahlen hob beide Augenbrauen an und Wegener nickte bestätigend. »Das behalten Sie aber bitte für sich, Herr Dahlen!«

»Natürlich, Herr Kaleu!«, sicherte der IIWO zu.

Der Kommandant erhob sich. »Ich bin in der Zentrale. Sehen Sie zu, dass Sie den Eintrag für das Kriegstagebuch fertigbekommen, Herr Dahlen.«

»Jawohl, Herr Kaleu. Und… danke.«

*

»Anblasen! Auf Sehrohrtiefe gehen!«, befahl Wegener.

»Anblasen, auf Sehrohrtiefe gehen«, wiederholte Stollenberg. Der LI und seine Tiefenrudergänger brachten das Boot langsam nach oben. Das dauerte einige Minuten, denn immerhin mussten sie aus einer Tiefe von 150 Meter auf knapp sechs Meter steigen.

»Zentrale an Horchraum: Irgendwelche Kontakte?«

»Hier Horchraum. Keine Kontakte, Herr Kaleu!«

»Sehr schön.«

Der Zentralmaat sang die passierte Tiefe heraus: »Tiefe 100 Meter, gehen durch… Tiefe 50 Meter, gehen durch… Tiefe 25 Meter, gehen durch!«

»Herr Pauli! Die Brückenmannschaft soll sich fertig machen!«

»Jawohl, Herr Kaleu!«, gab Pauli seinen schnarrenden Kommandoton zum Besten. »Brückenwache fertig machen!«

Langsam und vorsichtig stieg *U 139* auf Sehrohrtiefe, wobei der LI und seine Rudergänger peinlich genau darauf achteten, dass sie nicht zu hoch aufstiegen und unter Umständen die Wasseroberfläche durchbrachen.

»Boot ist auf Sehrohrtiefe eingependelt, Herr Kaleu!«, meldete Stollenberg.

»Sehr schön.« Wegener trat einen Schritt beiseite, um die Männer der Brückenwache passieren zu lassen, die in ihrem Ölzeug zur Turmleiter eilten. »Sehrohr ausfahren!«

»Sehrohr ausfahren!«

Das Rohr glitt nach oben und Wegener trat an die Optik heran. Der Kommandant schob den Schirm seiner Mütze nach hinten und presste die Augen gegen die Gummiwulst. Zuerst sah er nur den weißen Schaum der auf- und abgehenden Wellen. Also fuhr er das Sehrohr etwas weiter aus und schaltete auf das Luftzielfernrohr. Er entdeckte einige weißgraue Wolkenbänke, sah jedoch keine Flugzeuge. Er koppelte wieder auf das Seezielfernrohr um und nahm einen weiteren Rundblick.

»Nichts zu entdecken, weder Flugzeuge noch Schiffe. Auftauchen!«

»Auftauchen!«

Die Pressluft raste mit einem Bullern in die Tauchtanks, erzeugte mehr Auftrieb und ließ das Boot endgültig an die Oberfläche kommen. Die Wellen donnerten gegen den Turm und ließen *U 139* schlingern.

»Scheint ja eine lustige Seepartie zu werden, Herr Kaleu«, meinte Stollenberg launig.

»Wo bliebe denn sonst auch der Spaß, LI?«, gab Wegener zurück.

»Turmluk ist frei!«

»Brückenwache auf den Turm!«

Pauli stieg als erster hinauf und öffnete das Turmluk. Frische Seeluft und ein großer Schwall eiskaltes Meerwasser stürzten auf ihn herab. »Sauerei das!«

»Nun, jetzt sind Sie wenigstens hellwach«, versuchte Wegener einen kleinen Scherz, aber der IWO war anscheinend kein besonders humorvoller Mensch. Der Kommandant zuckte nur mit den Schultern und ließ sich vom Zentralmaat in sein Ölzeug helfen. Dann stieg er hinter den anderen Männern der Wache in den Turm hinauf. Die Wogen des aufgewühlten Atlantiks kamen aus westlicher Richtung; da *U 139* nach Südwesten steuerte, vollführte das Boot einen munteren Tanz auf den weißen Schaumkronen.

»Es ist zwar ein unschöner Ritt, aber vorerst müssen wir den Kurs halten, IWO«, sagte Kaleu Wegener. »Wir müssen unseren Treffpunkt mit dem Rudel ansteuern, bevor wir über den Atlantik fahren können.«

»Die Männer werden damit schon fertig werden, Herr Kommandant!«, gab Pauli pathetisch zurück. »Unsere bisher erzielten Erfolge werden ihren Kampfgeist und Einsatzwillen sicherlich beflügeln!«

»Hm«, brummte der Kommandant unwillig. »Ich weiß ja nicht, wie das bei Ihren vorherigen Bordkommandos war, Herr Pauli, aber unsere Männer sind erfahrene Seeleute. An ihrem Kampfgeist und Einsatzwillen gab es auf fünf Feindfahrten zu keinem Zeitpunkt irgendetwas auszusetzen. Solche Sprüche mögen bei der Hitlerjugend angebracht sein, bei unserer Mannschaft sind sie es jedoch nicht.«

Mit einer solchen Aussage hatte Pauli offenbar nicht gerechnet, denn er starrte Wegener völlig bestürzt an. »Herr Kaleu… ich wollte doch nur…«

»Genug davon, Herr Pauli«, schnitt ihm Wegener das Wort ab, denn er bemerkte, dass die Männer der Brückenwache schon wieder Ohren wie die Luchse machten. »Das Thema ist erledigt.«

»Jawohl, Herr Kaleu«, sagte Pauli und dieses Mal lag da kein schnarrender Ton in seiner Stimme.

»Und ihr haltet gefälligst die Augen offen!«, rief Wegener, an die Brückenwache gerichtet. »Das fehlt uns gerade noch, dass uns hier so eine Mistbiene der Tommys erwischt!«

»Jawohl, Herr Kaleu«, bestätigten Kubelsky und Franke.

Die restliche Zeit auf der Brücke verhielt sich Pauli wie ein verprügelter Hund. Er warf Wegener immer wieder Blicke zu, die der Kommandant jedoch ignorierte.

Trotz der lebhaften See kam *U 139* gut voran. Jedes Mal, wenn der Bug in die Wellen eintauchte, überzog die hochspritzende Gischt die Männer mit einem Schwall Seewasser. Die meisten waren jedoch bereit, dass in Kauf zu nehmen, wenn sie dafür zumindest eine Zeitlang aus der engen, muffigen und nach Diesel stinkenden Röhre an die frische Luft kommen konnten.

Wenn Kaleu Wegener jedoch seinen eigenen Zustand als Beispiel nahm, dann mussten inzwischen alle nass bis auf die Haut sein. »Ah, was soll´s? IWO! Die Mannschaft der 3,7 kann das Deck räumen! Die 2 cm-Flak im Wintergarten bleibt aber besetzt!«

»Jawohl, Herr… Fliegeralarm!«, brüllte Pauli. »Flugzeug aus Nordost!«

Wegener fuhr herum, konnte jedoch nichts entdecken. Aber wenn sich dort wirklich ein Flugzeug im Anflug befand, blieb ihnen keine Zeit mehr.

»Alles unter Deck! Alarmtauchen! Los doch, runter, Männer!«

Die Brückenmannschaft raste die Leiter hinunter. Wegener blickte noch kurz nach Nordosten, sah immer noch nichts, stieg dann in den Turm und schlug das Luk zu.

»Turmluk ist dicht! Fluuten!«

»Fluuten!«

Der Kommandant rutschte die Leiterholme herunter und landete mit einem Krachen auf den Decksplatten. »Auf E-Maschine umkuppeln! Ruder hart Backbord! AK voraus!«

»Hart Backbord, AK voraus!«

Die Sekunden rannen zäh dahin. *U 139* war ein sehr großes Boot, dass immerhin fast 1.200 Tonnen verdrängte. Da dauerte es seine Zeit, bis es endlich unter Wasser verschwunden war.

»Wir müssen sofort tiefer runter! Alle Mann voraus!«

»Alle Mann voraus!«

In wilder Jagd hasteten die Männer aus dem Heck durch die Zentrale in den Torpedoraum im Bug, um mit ihrem zusätzlichen Gewicht ein schnelleres Abtauchen zu ermöglichen.

Obermaat Brandes sah fragend zur Decke hoch. »Bisher gab´s keine Wasserbomben.«

Das Boot ging nun steil in die Tiefe.

»100 Meter… gehen durch«, sang der Zentralmaat aus.

»Stopp Tiefe! Auf 100 Meter einpendeln!«, befahl Wegener.

»Auf 100 Meter einpendeln!«

»Keine Wasserbomben?«, wunderte sich auch der Kommandant. »Hat irgendjemand das Flugzeug gesehen?«

»Nein, Herr Kaleu«, sagte Kubelsky. »Ich habe nur den Ruf des IWO gehört.«

Auch Franke konnte nur mit den Schultern zucken.

»Herr Pauli?«, wandte sich Wegener an den IWO. »Was für eine Maschine haben Sie gesehen?«

»Ähm… also… Herr Kommandant, ich bin mir nicht einmal mehr sicher, ob ich tatsächlich ein Flugzeug gesehen habe … Vielleicht war es auch nur eine Möwe«, druckste Pauli herum. »Ich… ich glaubte nur, einen dunklen Punkt vor den Wolken entdeckt zu haben.«

»Ein Fehlalarm also?«

Die Männer in der Zentrale lachten erleichtert auf, während Pauli vor Scham rot anlief.

»Machen Sie sich nichts daraus, Herr Pauli«, sagte Wegener. »So etwas ist uns allen schon passiert. Ein falscher Alarm ist mir allemal lieber, als wenn plötzlich wirklich Bomben fallen. Vorsicht ist eben die Mutter der Porzellankiste, wie ich immer sage.«

»Bitte einen Vorschlag machen zu dürfen, Herr Kaleu«, meldete sich Stollenberg zu Wort.

»Was denn, LI?«

»Wenn wir jetzt schon mal getaucht sind, dann kann der Ott doch auch gleich das Essen zubereiten, oder?«

»Da hör sich doch einer diese siebenköpfige Raupe an«, flachste Wegener, sehr zum Gaudi der Männer in der Zentrale. Die Mannschaft liebte solche Späße zwischen den Offizieren und es half, den Schreck über den falschen Fliegeralarm zu vergessen. »Denkt der Kerl schon wieder nur ans Essen! Aber stimmt schon, das können wir machen. Ott! Ott!«

Der Smutje kam durch den Kugelschott in die Zentrale. Wie immer trug er das Handtuch vor dem Bauch, dass er zur Kochschürze umfunktioniert hatte. »Schon zur Stelle, Herr Kaleu!«

»Unser LI ist schon wieder am Verhungern! Tischen Sie rasch was auf, und das nicht zu knapp! Wir können auf Herrn Stollenberg nicht verzichten.«

»Kein Problem, Herr Kaleu! Es gibt Rinderbrühe, danach Heringe mit Pellkartoffeln, gefolgt von Büchsenobst als Nachspeise. Das sollte selbst Herrn Stollenberg zufriedenstellen. In zehn Minuten ist alles fertig.«

»So schnell, Smut?«, wunderte sich Brandes.

»So schnell«, bekräftigte Ott und grinste breit. »Man kennt ja seine Pappenheimer. Ich habe schon vor einer halben Stunde mit den Vorbereitungen angefangen.«

Wegener gelangte bereits zu einem sehr frühen Zeitpunkt seiner Kommandantenlaufbahn zu der Erkenntnis, dass ein guter Smutje der entscheidende Faktor für die Moral einer Mannschaft war: Stellte sich der Koch als Niete heraus, war auch die beste Crew verratzt. Matrosenobergefreiter Ott verstand jedoch sein Handwerk und der Kommandant nahm sich fest vor, bei der nächsten Gelegenheit wirklich das Gasthaus von dessen Familie aufzusuchen. Eine gute Mahlzeit hob die Stimmung und darauf kam es bei den langen Einsätzen an.

Der Anblick der genüsslich futternden Mannschaft zauberte auch ein Lächeln auf das Gesicht des Smutjes. »Erstaunlich, Herr Kaleu, diesmal meckert keiner rum.«

»Dazu besteht ja auch überhaupt kein Grund, Smut. Es war wunderbar.«

»Danke vielmals, Herr Kaleu«, freute sich Ott über das Lob und räumte die leeren Teller ab.

»Ich mache dann mal eine Runde durch das Boot«, kündigte der Kommandant an und setzte seine alte, speckige Schirmmütze auf.

Wegener sah kurz bei der Freiwache hinein, die in ihren Kojen lag und schlief, las, Karten spielte oder Briefe an die Familie schrieb. Kurioserweise würden die Männer aller Wahrscheinlichkeit nach früher wieder bei ihren Angehörigen sein als die Briefe; diese konnten ja erst zur Post gegeben werden, wenn das Boot wieder im heimischen Hafen lag.

Der LI war ein schnellerer Esser als der Kaleu, und schon längst wieder im Maschinenraum, als Wegener durch den Kugelschott stieg.

»Alles in Ordnung bei Ihnen, LI?«

»So weit, so gut«, meinte Stollenberg und rieb sich die Hände an einem öligen Lappen ab. Dann schüttelte er den Kopf. »Ich weiß nicht so recht … Irgendetwas am Klang der Diesel gefällt mir ganz und gar nicht.«

»Am Klang?«

»Seit die Werftheinis meine Maschinen auseinandergerissen haben, kommt es mir manchmal so vor, als stimme damit etwas nicht. – Lachen Sie nicht, Herr Kaleu!«, ergänzte Stollenberg bittend, als Wegener grinste.

»Auch meine Maschinisten sind meiner Meinung!«, legte der LI nach. »Es ist wie verhext! Wir wissen, dass etwas nicht stimmt, aber wir kommen nicht dahinter, was es sein könnte!«

»Na, Sie werden das schon hinbekommen«, gab sich Wegener optimistisch.

»Oh, sicher, das werden wir.«

Im Hecktorpedoraum war alles in bester Ordnung, darauf achtete Maat Schütter. »Keine Probleme hier, Herr Kaleu. Die beiden Heckrohre und die Boldschleuse sind klar.«

»Gut zu hören, Schütter.«

Im Bugtorpedoraum waren Maat Timmler, ein stets gut gelaunter Ostpreuße, und der IIWO dabei, die Minen und Sprengladungen zu überprüfen, die in der Karibik zum Einsatz kommen sollten.

»Jagen Sie mir ja nicht mein Boot in die Luft!«, meinte Wegener nur halb im Scherz.

»Da kann nichts passieren, Herr Kaleu«, gab Timmler heiter zurück. »Das Zeug ist gesichert.«

»Da will ich doch mal stark hoffen, dass das keine der berühmten letzten Worte sind!«

Die Männer lachten kurz und widmeten sich dann wieder ihrer Arbeit.

Wegener sah zu, wie der IIWO die Segeltuchtasche mit einer Sprengladung verstaute. »Kann da wirklich nichts passieren?«

»Nee, nee, Herr Kaleu«, versicherte der Maat. »Unserer IIWO hat alles überprüft und ich ebenfalls noch einmal. Herr Dahlen ist sogar recht versiert im Umgang mit Sprengstoff … Ich meine für einen Fähnrich.«

Der IIWO grinste nur und band das Transportnetz zu, in welchem der Sprengstoff und die Haftminen lagerten.« »Mancher würde Ihnen so einen Spruch übelnehmen, Timmler.«

»Aber Sie doch nicht, Herr Dahlen«, lachte der Maat.

»Stimmt schon.« Der IIWO ließ den Blick über die Minen wandern. »Ich weiß nicht so recht, Herr Kaleu … Die Basis der Amerikaner auf Puerto Rico soll doch recht groß sein. Um den Stützpunkt zu sperren, reichen die paar Minen doch nicht aus. Vielleicht, wenn alle vier Boote ihre Eier in ein Nest legen würden, aber jeder Kommandant hat doch ein eigenes Ziel erhalten, oder nicht?«

»Das hat schon was für sich, was der Herr Dahlen sagt«, merkte Timmler an. »Man gewinnt den Eindruck, dass diese ganze Operation mit heißer Nadel gestrickt wurde.«

Wegener kratzte sich unter der Schirmmütze am Kopf. »Tja, wie auch immer. Zumindest werden wir die Operationen der Amis stören. Sie werden einige Zeit brauchen, um alle Minen aufzuspüren und zu räumen. Und achten Sie bitte auch weiterhin darauf, mein Boot nicht in die Luft zu jagen.«

»Jawohl, Herr Kaleu!«

Wegener ging in seine Kammer. Die Worte von Dahlen und Timmler hallten in seinen Gedanken nach. Die übertriebene Hast, mit der Busch und Herzfeld sie in Brest abgefertigt hatten… wollte der FdU West etwa nach dem gelungenen Start von Operation »Paukenschlag« möglichst schnell mit einer weiteren Erfolgsmeldung aufwarten, um bei Admiral Dönitz gut dazustehen? Der »Löwe«, wie Dönitz von seinen U-Bootfahrern auch genannt wurde, war ein Pragmatiker, der die Lage auf See sehr realistisch beurteilen konnte. Ja, man hatte den Amerikanern einen gehörigen Schock versetzt, aber der würde gewiss nicht mehr lange anhalten. Realistisch betrachtet reichten vier Boote nicht aus, um die Nachschubwege der Alliierten durch die Karibik zu sperren. Aber was nutzte es, wenn er sich den Kopf darüber zerbrach? Wegener legte die Jacke ab, streckte sich auf seiner Koje aus und schloss die Augen.

Brandes weckte den Kommandanten einige Stunden später. »Riese, riese, Herr Kaleu!«

»Mhm«, brummte Wegener, unwillig, schon wieder die Augen öffnen zu müssen. »Was wollen Sie denn, Brandes? Ich hab´ mich doch gerade erst hingelegt.«

»Nicht ganz, Herr Kaleu. Sie haben fünf Stunden geschlafen.«

Ganze fünf Stunden, das war für einen U-Boot-Kommandanten schon recht beachtlich. Wegener gähnte. »Verzeihung. Was liegt denn an?«

»Der Felmy hat vermutlich die anderen Boote unseres Rudels im Horchgerät.«

»Vermutlich?«

»Könnten natürlich auch Tommys sein, aber sonderlich wahrscheinlich ist das nicht, Herr Kaleu.«

»Ich komme sofort, Brandes.«

Der Kaleu zog die Jacke über und ging in die Zentrale. »Guten Morgen, Herr Kaleu«, begrüßte ihn Dahlen.

»Was gibt es, IIWO?«

Leutnant Pauli kam durch den Kugelschott und eilte zum Kartentisch. »Herr Kaleu.«

»Sie kommen gerade richtig, IWO«, sagte Wegener und nickte dem Leutnant zu. »Der IIWO wollte gerade Meldung erstatten.«

Der Fähnrich deutete auf die Seekarte, wo Navigationsgast Wisbar die neuen Kontakte bereits eingetragen hatte. »Das GHG meldet zwei, möglicherweise auch drei Kontakte. Einer peilt null-acht-drei, der andere in eins-zwo-sieben. Der dritte Kontakt ist sehr schwach und steht in eins-null-acht. Alle befinden sich laut Felmy im Umkreis von sechs bis acht Seemeilen.«

Pauli beugte sich tiefer über den Kartentisch. »Hmm, sollten diese Peilungen wirklich stimmen, Fähnrich?«

»Davon ist wohl auszugehen«, erwiderte Dahlen umgehend. »Maat Wisbar ist ein sehr erfahrener Navigationsgast.«

Pauli bemerkte, dass er ins Fettnäpfchen getreten war und ruderte prompt zurück: »Ja, Wisbar ist ein guter Mann. Wird also alles seine Richtigkeit haben.«

Wegener nahm sich vor, noch einmal mit Pauli zu reden; der Mann ließ ja keine Gelegenheit aus, sich vor der Mannschaft in ein schlechtes Licht zu stellen. Aber das musste warten. »Gehen wir mal nach oben und sehen uns um. Auf Sehrohrtiefe anblasen!«

»Auf Sehrohrtiefe anblasen!«

Das Boot steuerte eine Tiefe von knapp sechs Meter an.

»Sehrohr ausfahren!«, befahl Wegener und wartete ab, bis das Rohr aus seinem Schacht nach oben geglitten war. Dann drehte er seine Kommandantenmütze herum und spähte durch die Optik.

»Alles grau in grau«, berichtete der Kaleu nach einem Rundblick. »Nur mäßiger Wellengang, aber es sieht nach Regen aus. Dafür sind weder Schiffe noch Flugzeuge zu entdecken. Sehen wir uns also die Kontakte mal an. Auftauchen! Brückenwache in den Turm!«

»Turmluk ist frei! Boot ist aufgetaucht, Herr Kaleu!«

Die Männer hasteten die Leite hinauf und bezogen ihre Posten. Wegener zog die Öljacke über und folgte ihnen nach oben. Mit einem lauten Donnern sprangen die Dieselaggregate an. Die Maschinen waren so laut, dass das Heulen der Entlüftungsanlage darin unterging; diese sorgte nicht nur für frische Luft im Boot, sie sog auch Luft für die Diesel an.

»Die Diesel machen Umdrehungen für eins bis zwei Knoten. Kurs eins-acht-null liegt an. Das Boot ist klar zum Alarmtauchen, Herr Kaleu!«, rasselte Pauli seine Meldung herunter.

»Danke, IWO. Schon was von den anderen Booten?«

»Noch nicht, Herr…«

Die Meldung von Zander, dem Steuerbordausguck, kam dem IWO dazwischen: »Auftauchendes U-Boot in null-acht-null!«

Ein schneller Blick bestätigte die Vermutung: Es handelte sich um eines der anderen Boote ihres Rudels, genauer um *U 136* von Oberleutnant Kreienbaum. Das Schwester-U-Boot schob sich an die Steuerbordseite von *U 139* heran.

»Hallo, Hans!«, rief Kreienbaum hinüber. »Das hat ja alles hervorragend geklappt! Ist bei dir alles in Ordnung?«

»Alles bestens!«, antwortete Wegener. »Wie steht es bei dir?«

»Könnte nicht besser sein! Da sind die anderen!«

U 142 und *U 147* kamen schäumend an die Oberfläche. Die Wachen und die Flakmannschaften zogen blitzschnell auf.

»Sind wir also alle wieder beisammen, was?«, fragte Oberleutnant Petersen, der seine Hände als Schalltrichter benutzte.

»Auf zu den Azoren! Und von da heißt es: Kurs West!«, gab Wegener zurück.

Petersen winkte.

Die vier Boote gingen wieder auf ihren alten Kurs. Alle zwei Stunden wechselten die Wachen. Reine Routine. Erst am Nachmittag riss der Warnruf eines Ausgucks die Männer aus ihrer Ruhe.

»Fliegeralarm! Flugzeug aus null-vier-fünf!«, rief Franke.

Dahlen hob sofort das Fernglas an die Augen. »Ein dicker Brocken! Eine Sunderland!«

Wegeners Gedanken rasten. Der Brite war in etwa fünf Seemeilen Entfernung durch die Wolken gestoßen und drehte nun auf die Deutschen ein. Normalerweise tauchten die deutschen U-Boote sofort ab, wenn feindliche Flieger am Himmel erschienen. Das galt natürlich erst recht, wenn es sich um mehrere Gegner handelte. Aber dieses Mal waren die Briten diejenigen, die sich in der Unterzahl befanden. Auch wenn es sich um eines der riesigen Short Sunderland-Flugboote handelte, so stand es doch allein gegen die Flugabwehrwaffen aller vier U-Boote.

»Geben Sie mit dem Signalhorn Fliegeralarm, IIWO!
Nur für den Fall, das die anderen den Tommy noch nicht
gesehen haben!«

Dahlen drückte rasch auf den Knopf; das Signalhorn
blökte laut los und warnte die anderen Besatzungen vor
dem Tommy.

»Nach Backbord abdrehen, IIWO! Feuer frei für alle
Maschinenwaffen!«

Die mächtigen 10,5 cm-Geschütze vor den Türmen waren wegen des unruhigen Seegangs nicht besetzt, aber
die 3,7 cm-Flak und die 2 cm-Schnellfeuerkanonen aller
vier Boote sollten mehr als ausreichend sein, um der
Flugzeugbesatzung den Tag zu vermiesen.

Die Short Sunderland begann mit zornig dröhnenden
Motoren ihren Zielanflug. Wie ein riesiger, beutegieriger
Raubvogel stürzte sich die Maschine auf *U 139*. Der
Schütze im Bug des Flugbootes eröffnete mit seinen vier
Browning-Maschinengewehren das Feuer, um die Deut-
schen unten auf dem U-Boot einzuschüchtern. Seine 7,7
mm-Geschosse ließen im Wasser neben dem Bootkörper
gezackte, weiße Linien emporspringen.

Doch die Flakbedienung antwortete den Briten umgehend, indem sie ihre Maschinenwaffen sprechen ließ.
Die dunklen Sprengwölkchen der 3,7 zerplatzten direkt
vor dem Bug der Sunderland. Der britische Bordschütze
schien darüber so zu erschrecken, dass er sein Feuer
prompt wieder einstellte. Währenddessen tasteten die
hellen Leuchtspuren der 2 cm-Flak nach Kanzel und Mo-
torgondeln des Wasserflugzeugs.

Das massive Sperrfeuer der vier U-Boote schien auch
die Piloten zu überraschen; vielleicht hatten sie auch gar
nicht alle der von ihnen als »Nazi-Röhren« bezeichneten
deutschen Unterseeboote entdeckt, sondern sich nur auf
ihr erkanntes Ziel konzentriert.

Jedenfalls zog die Sunderland den Bug schwerfällig
nach oben und drehte nach rechts ab. Dabei bot sie den
Flakmannschaften jedoch ihre verwundbare Unterseite
dar. Die ließen sich die Gelegenheit natürlich nicht ent-

gehen und jagten dem Flugboot mehrere Garben in
Bauch und Tragflächen. Die hell aufleuchtenden Einschläge am Rumpf waren sogar für das bloße Auge zu
erkennen. Eine Motorverkleidung wirbelte davon, Flammen und Rauch stoben aus dem äußeren Triebwerk am
linken Flügel und Teile der Klappen an der Hinterkante
der Tragfläche wurden abgerissen.

Die getroffene Maschine stellte die Flügel wieder gerade und eine Reihe schwarzer Objekte löste sich von den
Tragflächen – die Piloten entledigten sich ihrer Wasserbomben im Notabwurf. Sie hofften wahrscheinlich, ihr
Flugzeug doch noch retten zu können. Eine Notlandung
mit scharfen Bomben an Bord war so gut wie immer das
Todesurteil für die Besatzung, denn die Teufelseier gingen sehr leicht los.

Haushohe Wasserpilze schossen hinter dem Heck der
Sunderland aus der See, als die Bomben mit einem gewaltigen Donnern krepierten.

Für einen Moment sah es so aus, als würde das Flugboot die Wellenkämme streifen. Doch die Piloten verstanden sich hervorragend auf ihr Handwerk; es gelang
ihnen, die schwer angeschlagene Maschine abzufangen
und sogar wieder etwas an Höhe zu gewinnen. Die
Flammenzungen am linken Triebwerk erloschen nun,
aber nach wie vor quoll dichter Rauch aus der aufgerissenen Motorgondel hervor.

Eine lange Schleppe aus fettem, dunklem Qualme hinter sich her ziehend, drehte die Sunderland behäbig
nach Norden ab.

»Feuer einstellen! Bereitschaftsmunition ergänzen!«,
rief Wegener und die Flak auf allen U-Booten ver-
stummten nacheinander. »Tja, da gehen sie hin. Gut für
die Tommys, aber trotzdem schade.«

»Zumindest haben wir ihnen einen gehörigen Schrecken eingejagt, Herr Kaleu«, meinte Dahlen grinsend.
»Und wenn sie wieder zu Hause sind, brauchen die
Tommys auf jeden Fall eine Ladung frischer Unterho-
sen.«

Die Brückenwache grölte vor Lachen.

Sogar Wegener lachte mit. »Auch wieder wahr, IIWO. Damit wollen wir uns fürs erste zufriedengeben. Aber Scherz beiseite: Die werden über Funk Alarm schlagen. Verlieren wir also keine Zeit. Signalmaat: Blinkspruch an die anderen U-Boote. Volle Kraft voraus, Generalkurs zwo-zwo-null. Wir sehen uns am Treffpunkt CX12 vor den Azoren wieder. Mast- und Schotbruch.«

Die anderen Kommandanten bestätigten den Blinkspruch und das Rudel löste sich vorerst auf.

*

Die Hauptsorge von Kapitänleutnant Wegener blieben die feindlichen Flugzeuge. Die britischen Jagdbomber deckten inzwischen die gesamte Biskaya ab und die Bomber und Flugboote reichten bis weit in den Atlantik hinein. Wann immer möglich, blieb *U 139* also an der Oberfläche, um die Höchstgeschwindigkeit von 18 Knoten ausnutzen zu können. Das fraß zwar Unmengen ihres Treibstoffvorrats, aber Wegener hielt das für vertretbar.

Der LI sah das naturgemäß anders und sprang aufgeregt von einem Treibölbunker zum nächsten, um die Füllmenge zu peilen. Mit einer von Sorgen durchfurchten Miene kam er dann ins Quartier des Kommandanten.

»Ich weiß nicht, Herr Kaleu«, meinte Stoltenberg und tippte mit dem Finger auf seine Notizen. »Bei dieser Geschwindigkeit geht unser Treibölvorrat ganz rapide in die Knie. Auf dem Rückweg werden wir arge Probleme bekommen, wenn wir in der Karibik nicht äußerst sparsam unterwegs sind.«

»Keine Sorge, LI«, versuchte Wegener ihn zu besänftigen. »Auf dem Rückweg werden wir auf hoher See aufgetankt.«

»Ich hoffe es, Herr Kaleu. Sollten wir später nur noch auf dem Zahnfleisch herumkriechen können, möchte ich mir nicht anhören müssen, dass ich nicht rechtzeitig etwas gesagt habe.«

»Da besteht wohl keine Sorge, LI«, grinste Wegener. »Die Hauptsache ist doch, dass Sie vor Kummer nicht den Appetit verlieren.«

Stollenberg lachte auf. »Ich glaube, das wird nicht passieren!«

Das Bullern der Diesel verstummte und der Kommandant legte den Kopf schief, um zu lauschen.

»Ah, der IIWO legt mal wieder eine Horchpause ein.«

Bei Überwasserfahrt legten die eigenen Diesel das Horchgerät praktisch komplett lahm, weshalb in mehr oder weniger regelmäßigen Abständen die Maschinen abgestellt wurden, damit die diensthabenden Sonarleute ungestört nach Kontakten lauschen konnten. Auf ihrer zweiten Feindfahrt war ihnen tatsächlich das Unwahrscheinliche passiert. Ein Brite hatte *U 139* aufgespürt und sich an das deutsche Boot gehängt. Als sie dann zu einer Horchrunde die Maschinen stoppten, schoss der Gegner zwei Aale auf sie ab. Nur der schnellen Reaktion von Leutnant Engelmann war es zu verdanken, dass sie damals noch einmal knapp davongekommen waren. Aber nun war ihr ehemaliger IWO tot und der IIWO, Leutnant Schneider, lag im Lazarett in Brest.

Die Diesel sprangen wieder an und erfüllten das Innere des Druckkörpers mit dem ebenso lästigen wie vertrauten Lärmpegel.

Stollenberg strich mit den Fingern über sein Notizbuch und schloss das soeben besprochene Thema mit seiner nächsten Bemerkung ab: »Sie erwähnten, dass wir auf dem Rückweg betankt werden?«

»Ja.« Wegener zog eine Seekarte aus dem Fach über seinem Kopf hervor. »Hier, irgendwo im östlichen Atlantik. Planquadrat XJ41.«

»Klingt ja nett. Wie soll die schwimmende Tankstelle denn aussehen? Ist das eine Milchkuh oder ein Versorger?«

Mit »Milchkuh« bezog sich der LI auf die großen U-Boote vom Typ XIV, eine Abwandlung ihres eigenen Typ IX. Den Spitznamen verdankten sie der Tatsache, dass sie dazu entworfen worden waren, andere Boote auf See mit Treibstoff, Lebensmitteln und Munition zu versorgen. Diese Spezialboote waren sehr dünn gesät, denn es existierte nur eine Handvoll von ihnen.

»Eine Milchkuh, vermute ich. Für einen Versorger wäre das ein sehr riskantes Unternehmen.«

»Sonderlich viel Treibstoff können wir dann aber nicht nachbunkern«, sah der LI schon wieder schwarz. »Wir werden ja mit den anderen drei Booten teilen müssen.«

»Auch eine kleinere Teilmenge bringt uns wieder nach Brest«, sagte Wegener und verstaute die Seekarte. »Und wenn die Milchkuh noch volle Tanks hat, kommen wir damit vielleicht sogar bis Norwegen, wenn es sein muss.«

»Ihr Wort in Gottes Gehörgang, Herr Kaleu.« Stollenberg steckte sein Notizbuch wieder in die Brusttasche. »Ich werde meine Burschen alles prüfen lassen, damit wir sowohl auf eine Milchkuh als auch auf einen Versorger vorbereitet sind. Nur Schade, dass wir derzeit das Nachtanken auf See nicht üben können.«

»Aber alles andere können wir üben«, meint Wegener und erlaubte sich ein listiges Grinsen. »Sagen wir, zu Beginn von Leutnant Paulis Wache? Vielleicht kann der IWO dann ja Punkte gutmachen.«

»Ihren Glauben möchte ich haben, Herr Kaleu.«

»Na, schauen wir mal.«

Der LI kehrte in den Maschinenraum zurück, während der Kommandant bis zum Wachwechsel seine Eintragungen ins Logbuch vornahm. Anschließend schnappte er sich Jacke und Mütze und stieg durch den Kugelschott in die Zentrale.

»Sie sind aber früh dran, Herr Kaleu«, begrüßte ihn Brandes. »Keine besonderen Vorkommnisse. Kurs zwo-zwo-null liegt an, Geschwindigkeit eins-acht Knoten.«

»Danke, Herr Brandes.« Dann beugte er sich näher an das Ohr des Oberbootsmanns heran und raunte: »Zum Wachwechsel gibt es einen kleinen Rollenschwoof.«

Brandes lächelte leicht. »Gut zu wissen, Herr Kaleu.«

Leutnant Pauli kam in die Zentrale.

»Herr Kaleu!«

»Leutnant.«

»Wachwechsel!«, verkündete Brandes mit Blick auf die Uhr.

Die neue Brückenwache enterte die Leiter hinauf in den Turm und kurz darauf kamen die abgelösten Männer in die Zentrale hinab.

»Herr Kaleu«, grüßten einige, bevor sie zum Bug oder Heck strebten.

Pauli starrte zur Leiter hinauf. »Wo bleibt denn der Dahlen?«

»Warschau! Ein Mann Zentrale!«, tönte es durchs offene Turmluk und Leutnant Pauli sprang gerade noch rechtzeitig zurück, bevor der IIWO die Leiterholme heruntergesaust kam. Mit einem dumpfen Knall landeten seine Stiefel auf den Deckplatten.

»Sie wären mir fast auf den Kopf gesprungen, Fähnrich!«, beschwerte sich Pauli.

»Herr Pauli, Sie wissen doch, dass man nicht unter dem Turmluk stehen darf, wenn Wachablösung ist«, warf Wegener ein.

Dahlen wandte sich dem Kommandanten zu. »Herr Kaleu.«

»IIWO.«

»Keine Besonderen…«, begann Dahlen, doch Wegener winkte ab.

»Lassen Sie´s gut sein, Fähnrich. Brandes hat mit schon berichtet.«

»Jawohl, Herr Kaleu.«

Da er immer noch der Wachhabende war, drehte sich Dahlen nun dem ihn ablösenden Leutnant Pauli zu. »Keine besonderen Vorkommnisse während der Wache.

Unser Kurs ist zwo-zwo-null, die Geschwindigkeit beträgt eins-acht Knoten.«

»Hm«, brummte Pauli. »Ich löse Sie ab.«

»Bin abgelöst«, bestätigte der IIWO und tippte sich mit zwei Fingern lässig grüßend an die Mütze.

»Sollte das etwa ein Gruß gewesen sein, Fähnrich?«, grollte Pauli. »In meinen HJ-Gruppen wäre so etwas nicht als Gruß durchgegangen!«

»Was für ein Glück, dass wir nun bei der U-Bootwaffe sind, nicht wahr, Herr Leutnant?«, meinte Dahlen trocken. »Da geht es wesentlich formloser zu. Herr Kaleu.«

Der Fähnrich nickte dem Kommandanten zu und verschwand durch den Schott.

»Auf ein Wort, Herr Kaleu?«, fragte Pauli an.

»Sicher, IWO.« Wegener bewegte sich zum Kartentisch. Navigationsgast Wisbar trat diskret beiseite. Der Kaleu bezweifelte jedoch nicht, dass der Maat aufmerksam die Ohren spitzte. »Was haben Sie denn auf dem Herzen?«

»Fähnrich Dahlen!«, schnappte Pauli.

»Sie wollen mir doch nicht etwa beichten, dass Sie den Fähnrich ganz fest in ihr Herz geschlossen haben, oder?«, scherzte Wegener, doch Pauli ging jeder Sinn für Humor ab.

»Ich bin kein Anwärter für ein rosafarbenes Dreieck«, empörte sich der Leutnant.

Damit bezog sich Pauli auf die Häftlinge in den Konzentrationslagern, die aufgrund ihrer Homosexualität verhaftet worden waren und nun gezwungen wurden, auf der Brust ihrer Häftlingskleidung ein rosafarbenes Dreieck zu tragen.

Wegener sah ein, dass sein Versuch, der angespannten Lage mit einem Scherz die Schärfe zu nehmen, völlig fehlgeschlagen war.

»Das sollte nur ein Scherz sein, Leutnant«, erklärte er, wobei er den Rang von Pauli betonte.

Der Leutnant biss sich kurz auf die Unterlippe, bevor er wesentlich ruhiger erwiderte: »Der Sinn dieses Scherzes erschließt sich mir offen gesagt nicht, Herr Kaleu.«

»Vergessen Sie es einfach, Leutnant«, sagte Wegener und winkte ab. »Sie wollten etwas über Fähnrich Dahlen sagen?«

»Jawohl, Herr Kaleu«, bekräftigte Pauli mit vorgeschobenem Unterkiefer. »Der Herr Kommandant hat doch selbst miterlebt, wie respektlos sich der Fähnrich mir gegenüber verhalten hat.«

»Sie meinen, wegen des Grußes?«, vergewisserte sich Wegener. »Zugegeben, der war etwas lässig, aber ich empfand ihn nicht als respektlos.«

»Aber auf *U 69*, da…«

»Herr Pauli!«, unterbrach ihn Wegener. »Falls es Ihrer Aufmerksamkeit entgangen sein sollte: Sie befinden sich nicht mehr an Bord von *U 69*.«

Daran musste Leutnant Pauli erst einmal schlucken, wie der Kommandant sah.

»Ich kann verstehen, dass Sie in Ihren HJ-Gruppen großen Wert auf Disziplin gelegt haben, und so mag es auch an Bord von *U 69* gewesen sein. Auf meinem Boot geht die Mannschaft etwas anders miteinander um. Hier kommt es während des Einsatzes auf wichtigere Dinge an. Ich hoffe, wir verstehen uns, Leutnant?«

»Jawohl, Herr Kaleu«, gab Pauli klein bei. Aber was blieb ihm auch anderes übrig?

Wegener nickte ihm zu und beobachtete, wie der Leutnant in den Turm hinaufkletterte. Dann winkte er Oberbootsmann Brandes zu sich.

»Brandes, Sie kennen doch Gott und die Welt.«

»Womit kann ich denn zu Diensten sein, Herr Kaleu?«

»Kennen Sie zufällig auch den Kommandanten von *U 69*?«

»Kennen wäre zu viel gesagt«, meinte Brandes nachdenklich. »Aber ich habe so einiges über den Kommandanten, Oberleutnant Röll, gehört.«

»Als da wäre?«

»Er soll ein ehemaliger HJ-Führer sein, der sich gerne mit seinesgleichen umgibt und ein ganz strenges Regiment führt.« Brandes hob abwehrend die Hände. »Ich meine damit nicht, streng im Sinne von Herrn Oberleutnant Kreienbaum; der baut darauf, seine Mannschaft richtig auszubilden. Ich meine, dass Oberleutnant Röll einen Ton und Umgang wie in der Rekrutenkompanie bevorzugt.«

»Sie meinen, er legt äußert großen Wert auf Disziplin und militärische Umgangsformen?«, hakte Wegener nach. »Etwa auch im Einsatz?«

»So habe ich es jedenfalls gehört, Herr Kaleu. Und nicht alle sollen mit diesem Führungsstil gut zurechtgekommen sein. Nach der letzten Fahrt von *U 69* haben neun Männer um ihre Versetzung gebeten.«

»Hm. Danke, Brandes. Jetzt sehe ich das Problem etwas klarer.«

»Herr Kaleu.«

Wegener dachte über das soeben Gehörte nach. Wenn gleich neun Männer um ihre Versetzung baten, dann musste an Bord von *U 69* wirklich etwas im Argen liegen, denn dergleichen kam so gut wie nie vor. Oberleutnant Röll war also auch ein ehemaliger HJ-Führer und strenger Zuchtmeister, der Männer bevorzugte, die den gleichen Hintergrund wie er vorweisen konnten. Fähnrich Dahlen mochte auf *U 136* zwar auch ein steifer Wind ins Gesicht geweht haben, aber wie Brandes schon gesagt hatte, drillte Kreienbaum seine Leute, damit sie eine Chance hatten, den harten Kriegsalltag auf See zu überstehen. Im Einsatz kam es Oberleutnant Kreienbaum dabei ebenso wenig auf korrekte Umgangsformen an wie Wegener selbst. Kein Wunder also, wenn sich Pauli an der eher lax gehandhabten Disziplin auf seinem neuen Boot störte.

Der Kommandant sah auf seine Armbanduhr. »Oberbootsmann Brandes? Geben Sie Alarm! Feuer im Maschinenraum! Das ist eine Übung!«

Die Alarmklingel schrillte los.

»Feuer im Maschinenraum! Das ist eine Übung!«

Die Männer legten ihre Tauchretter an und eilten in den Maschinenraum. Der Smutje, der zugleich als Sanitäter in Erscheinung trat, wenn einer benötigt wurde, eilte sofort hinterher.

»Rollenschwoof«, also die Übungen, waren bei den Männern verhasst. Allerdings sah jeder ein, dass die Schulungen notwendig waren, denn es gab Dutzende von Situationen, die immer wieder geübt werden mussten. Von Fliegeralarm und Gefechtsübungen über Lecksicherung, Versorgung von Verwundeten, Feuerbekämpfung, Maschinenschäden und der Rettung aus einem sinkenden U-Boot musste alles durchgespielt werden, damit im Ernstfall jeder einzelne Handgriff saß. Die Mannschaft von *U 139* bestand aus alten Hasen, die sich auskannten und diese Trainingseinheiten im Schlaf beherrschten.

Leutnant Pauli schien zwischenzeitlich von der Situation etwas überfordert zu sein und brüllte die Mannschaft an, während Fähnrich Dahlen die Männer ohne Beanstandungen durch die Übungen führte. Im Endergebnis hatte der IWO bei den Männern nicht unbedingt an Ansehen gewonnen.

*

Abgesehen von den scheinbar endlosen Übungen verlief die Weiterfahrt zu den Azoren eher ruhig. *U 139* schipperte tagsüber, wann immer es möglich war, an der Oberfläche, tauchte jedoch sofort ab, sobald sich ein Schiff oder Flugzeug am Horizont zeigte. Während der Nachtstunden gelang es in der Regel, die durch die Tauchmanöver verlorene Zeit wieder wettzumachen.

»Wir kommen gut voran«, stellte Wisbar fest, als er ihre aktuelle Position auf der Seekarte eintrug.

»Nur nichts beschreien«, meinte Obersteuermann Wahl. »Damit lockt man nur Probleme an.«

Die Probleme kamen am nächsten Abend, als Leutnant Stollenberg den Maschinenraum betrat. Als er den Kugelschott hinter sich ließ, fiel ihm als erstes wieder das merkwürdige Geräusch auf, dass ihn und seine Maschinenraumcrew bereits seit Brest beschäftigte. Der Leutnant legte den Kopf zur Seite und lauschte angestrengt in den Lärm der Diesel hinein.

»Sie hören es also auch, Herr Leutnant?«, sprach ihn Obermaat Lutz Jahnen an, sein Stellvertreter. »Das Geräusch hat sich seit der letzten Wache verändert.«

»Das ist doch zum Haareraufen!«, schimpfte der LI. »Wir wissen, dass wir ein Problem am Steuerborddiesel haben, aber wir kommen einfach nicht dahinter, was es ist!«

»Und so langsam gehen uns auch die Ideen aus«, bemerkte Jahnen. »Wir haben schon wieder die Bunker gepeilt und überprüft, ob wir vielleicht Seewasser im Treiböl finden, aber da war nichts. Es ist wirklich zum Verzweifeln!«

Nachdenklich blickten sie zum wuchtigen Aggregat hinüber. Jeder der beiden MAN-9-Zylinder-Dieselmotoren lieferte rund 2.200 PS Leistung. Während die Diesel liefen, luden sie auch zugleich die großen Batterien auf, die in zwei Blöcken zu jeweils 62 Zellen im Bauch des Bootes lagen. Über die Batterien wurden bei Unterwasserfahrt die Elektromotoren angetrieben, die dann jeweils mit einer Leistung von 500 PS wirken konnten.

Stollenberg stutze mit einem Male. »Siehst du den Dampfschleier über den Zylinderköpfen auch?«

»Verdammt, ja! Frisst sich die Maschine etwa fest?«

»Sofort die Maschine abstellen!«, befahl Stollenberg.

Jahnen eilte zur Schalttafel und stoppte das Aggregat.

Der LI beugte sich durch den Schott und brüllte: »Meldung an Zentrale: Steuerborddiesel unklar.«

Dann drehte er sich wieder um. »Lutz! Alles noch einmal kontrollieren! Dieses Mal aber auch das Schmieröl auf Seewasser überprüfen!«

»Das Schmieröl? Das Schmieröl!«, rief der Obermaat aus, als der Groschen bei ihm fiel.

»Ja! Das verdammte Schmieröl!«

Wegener kam, noch verschlafen und übermüdet, in den Maschinenraum geeilt. Pauli und Dahlen folgten ihm auf dem Fuße.

»Was ist denn los, LI?«

»Ich weiß es nicht genau, Herr Kaleu. Wir haben einen merkwürdigen Dunst über dem Aggregat festgestellt und befürchteten, dass sich der Diesel festfressen könnte, deshalb haben wir ihn lieber vorsorglich abgestellt. Ich tippe auf Seewasser im Schmieröl des Motors.«

Jahnen nahm ein paar Proben des Schmieröls und fing sofort deftig an zu fluchen. Er brauchte die Probe gar nicht erst großartig untersuchen, denn den Boden des Messgerätes bedeckte eine trübe Brühe, die schwerer war als das Treiböl.

»Ich hab´s ja geahnt«, knurrte Stollenberg ungehalten. »Salzwasser im Schmieröl!«

»Wie kann denn das da hineingelangen?« wollte Wegener wissen.

»Sabotage!«, stieß Leutnant Pauli aus.

»Von wegen Sabotage!«, explodierte der LI. »Mit solchen Äußerungen sollten Sie verdammt noch mal vorsichtiger sein! Meine Leute sind alle hundertprozentig zuverlässig!«

»Langsam, langsam! Immer mit der Ruhe, LI«, versuchte ihn Wegener zu beschwichtigen. »Der Leutnant hat das sicher nicht auf Sie und Ihre Maschinenraumcrew bezogen. Könnte sich vielleicht einer der französischen Arbeiter am Diesel zu schaffen gemacht haben?«

Die französischen Werftarbeiter wurden dazu gezwungen, in den großen U-Bootbunkern zu arbeiten und kamen bei Reparaturen oder Überholungen natürlich auch an Bord der Boote zum Einsatz. So mancher Kommandant hatte auf See feststellen müssen, dass ihm die Franzosen diverse Kuckuckseier hinterlassen hatten. So waren zum Beispiel einige elektrische Kabel für die

Rudersteueranlage gerade so weit durchgescheuert worden, dass sie erst nach Wochen oder Monaten einen Kurzschluss auslösten. Auch die härtesten Strafen schreckten die Werftarbeiter nicht vor derartigen Sabotageaktionen ab, weshalb die Marine immer mehr dazu überging, den Franzosen den Zutritt zu den Booten zu verwehren. Aufgrund der zu geringen Zahl an vertrauenswürdigen Arbeitskräften verlängerte das dann wiederum den Aufenthalt im Dock. Es war ein Teufelskreis. Wegener vertrat den Standpunkt, dass es sowieso Wahnsinn sei, die Franzosen zur Arbeit fürs Reich zu zwingen, aber ihn hatte ja niemand nach seiner Meinung gefragt.

»Das denke ich eher nicht«, meinte Stollenberg, ohne zu zögern. »Wir haben ja nur ein paar der Franzosen an Bord gelassen, und die waren praktisch nie unbeaufsichtigt. Nein, ich vermute, wir haben es hier mit einem Fall von Materialermüdung zu tun. Das eindringende Seewasser hat eine der Laufbuchsen zerfressen, und bei der Überholung hat es niemand bemerkt.«

Ein U-Bootrumpf war niemals ganz dicht. Die Außenbordverschlüsse und die Stopfbuchsen zu den Rudern ließen stets eine geringe Menge Salzwasser eindringen, weshalb die Bilge, wo sich das Wasser sammelte, ja auch regelmäßig gelenzt werden mussten. Das Wasser konnte zu Kurzschlüssen und anderen Schäden führen, auch ganz ohne Sabotage.

Jahnen und zwei weitere Männer überprüften den Diesel und kamen mit langen Gesichtern zurück.

»Ist tatsächlich eine der Laufbuchsen, Herr Leutnant«, sagte der Obermaat zerknirscht. »Da muss man erst mal drauf kommen!«

»Wir haben es alle nicht bemerkt, bis es fast zu spät gewesen ist«, gab Stollenberg zurück.

»Kriegen Sie das wieder hin?«, stellte der Kommandant die naheliegende Frage.

»Das *müssen* wir wieder hinkriegen«, stellte der LI fest. »Mit nur einem Diesel sind wir ganz und gar am Arsch!«

»Tun Sie, was Sie können, LI«, sagte Wegener mit sorgenvoll verzogenem Gesicht. Mit nur einem Diesel war *U 139* kaum noch einsatzfähig und musste eventuell nach Brest zurückkehren. Aber vor dem Kriegshafen lauerten die britischen U-Jagd-Gruppen und ohne volle Maschinenleistung wäre ein versuchter Durchbruch so gut wie sicher ihr Todesurteil.

»Kann ich irgendwie behilflich sein, LI? Mit Dieselmotoren kenne ich mich ein wenig aus«, bot Dahlen seine Dienste an.

Stollenberg zögerte nur kurz. »Jede zupackende Hand ist uns willkommen.«

»In Ordnung, LI. Wenn er Ihnen nützlich sein kann, dann können Sie den IIWO für die Arbeiten im Maschinenraum haben«, stimmte Wegener zu. »Der IWO und ich werden solange abwechselnd auf Wache gehen. Viel Glück.«

»Danke, Herr Kaleu.«

Wegener und der IWO verschwanden durch den Schott und kehrten in die Zentrale zurück.

»Kennen Sie sich wirklich mit Dieselmotoren aus?«, fragte Stollenberg.

»Ein wenig«, antwortete Dahlen offen. »Oberleutnant Kreienbaum legt sehr großen Wert auf eine allumfassende Ausbildung bei seinen Offizieren. Und während der Zeit beim Reichsarbeitsdienst habe ich auf einem Bauernhof gearbeitet und oft zusammen mit dem Bauer an seinem alten Traktor herumgeschraubt.«

»Ah, ein Fachmann also«, flachste Stollenberg und wurde sofort wieder ernst. »Das wird eine höllische Plackerei. Wir benötigen einen Flaschenzug, dann müssen die Zylinderkopfschrauben gelöst und die Laufbuchsen ausgebaut und überprüft werden.«

U 139 quälte sich mit mageren fünf Knoten Fahrt durch die Dünung; mehr Geschwindigkeit war mit nur einer Maschine einfach nicht möglich. Zum Glück war es Nacht, also war die Gefahr, von feindlichen Flugzeugen entdeckt zu werden, wesentlich geringer. Wegener ließ die Ausgucke dennoch verstärken. Die Männer auf der Brücke sahen sich unbehaglich an. Sie konnten rein gar nichts tun; nun lag alles bei den Kameraden im Maschinenraum.

Dort stellte Dahlen fest, dass das wuchtige Dieselaggregat so dicht an der gerundeten Hülle platziert war, dass er mit seinen breiten Schultern kaum dazwischen passte. Aber nur an dieser Stelle kam er überhaupt an die Laufbuchsen heran.

»Das ist aber ganz schön eng hier«, stellte der Fähnrich fest.

»Deshalb kann ich Jahnen hier auch nicht gebrauchen«, tönte die dumpfe Stimme des LI vor ihm durch die Engstelle. »Seine Frau kocht einfach zu gut!«

»Es hat halt nicht jeder Ihren Magen, Herr Leutnant!«, rief der Obermaat zurück.

»Tja, in diesem Fall hast du Glück gehabt«, brummelte Stollenberg und warf einen Blick auf die als defekt gemeldete Laufbuchse.

»Völlig zerfressen!«, rief der LI aus und hätte am liebsten die Hände über dem Kopf zusammengeschlagen, aber dafür gab es einfach nicht genug Platz. »Diese elenden Pfuscher in der Werft soll der Teufel holen!«

Er rückte beiseite und winkte Dahlen heran, damit dieser die Laufbuchse ebenfalls ansehen konnte. Darin befanden sich so große Löcher, dass der IIWO mühelos einen Finger hätte hindurch stecken können.

»Und diese Schäden kommen nur durch das Salzwasser zustande?«, fragte der Fähnrich.

»Aber sicher doch. Salzwasser kann alles zersetzen. Geben Sie ihm genug Zeit, löst es sogar ein komplettes Schlachtschiff auf.«

Zum Glück befanden sich Ersatzbuchsen an Bord, denn *U 139* war nicht das erste Boot, bei dem das Salzwasser die Buchsen zerfressen hatte. Zunächst aber mussten sie alle anderen Zylinder auch noch auf schadhafte Buchsen überprüfen. Wenn das Salzwasser durch die zersetzten Buchsen ins Schmieröl eindrang, hielt das auch der beste Motor nicht lange aus und fraß sich irgendwann fest. Dieser Schaden war dann mit Bordmitteln nicht mehr zu beheben, da half nur noch das Dock. Aber da mussten sie erst einmal hinkommen. Erschwerend kam hinzu, dass der verfügbare Platz im Maschinenraum nicht in Quadratmetern gemessen wurde, sondern in Quadratzentimetern! Jeder noch so kleine Fleck im Maschinenraum eines U-Bootes war für die ganzen technischen Anlagen vorgesehen, sodass freie Stellen so gut wie gar nicht vorhanden waren. Und jetzt musste die Crew Millimeterarbeit leisten, wenn es darum ging, einen der Kolben mit seinem Zentnergewicht aus dem noch heißen Diesel auszubauen. Erfreulicherweise befand sich eine Hebevorrichtung an Bord, mit der man die Kolben hydraulisch aus den Zylindern drücken konnte. Die Männer klemmten sich dabei die Finger, es hagelte viele böse Flüche und Verwünschungen.

»Wer auch immer sich diese Aufteilung ausgedacht hat, sollte man mit dem nackten Arsch auf einen glühend heißen Diesel setzen«, wetterte Jahnen und schüttelte die Hand, an er sich eben den dritten Finger gequetscht hatte.

»Das wäre doch mal ein Anblick«, meinte einer der anderen Männer. »Ein Weißkittel, der auf dem Diesel hockt wie der Affe auf dem Schleifstein!«

Nach einer weiteren Stunde übler Schinderei hatten sie den Kolben endlich mit dem Flaschenzug aus dem Diesel ziehen können. Nun schwebte er nur wenige Zentimeter über dem Aggregat. Jetzt aber machte sich die Dünung bemerkbar und der Kolben begann, hin und her zu pendeln. Und genau neben dem schwingenden Kolben verliefen die Rohrleitungen der Trimmtanks und die Treibölbehälter. Ein einziger Treffer des schweren Kolbens würde genügen, um den Behälter leck zu schlagen und den Maschinenraum knietief mit Treiböl zu fluten. Würde der Kolben hingegen die Trimmrohre zerschlagen, war das Boot unter Umständen nicht mehr tauchfähig.

Stollenberg und Dahlen sprangen herbei, um den hin und her pendelnden Kolben unter Kontrolle zu bringen. Beide Männer schlangen die Arme um den Kolben wie ein besorgter Vater, der sein Kind umarmte. Denn der Kolben war ungeheuer wertvoll; Ersatzbuchsen hatten sie an Bord, einen Ersatzkolben jedoch nicht. Einmal, zweimal, dreimal rutschte der Kolben den beiden fluchenden Männern aus den ölverschmierten Fingern, ehe sie das bockige Ding endlich einigermaßen unter Kontrolle bekamen.

»Mann, Mann, Mann!«, knurrte Stollenberg und drückte das Gesicht gegen den Oberarm, um sich am Hemd den Schweiß aus den Augen zu wischen. »So ein launiges Luder!«

»Mit Weibsbildern kennt sich der Herr Leutnant doch so gut aus«, griente Jahnen. »Wie können Sie da jetzt Probleme haben?«

»Wollen Sie den Platz mit mir tauschen, Lutz?«, brummelte der LI.

»Nee, lieber nicht. Ich fühle mich da, wo ich bin, ganz wohl«, erwiderte der Obermaat und zog die schadhafte Buchse aus dem Motor. »Da haben wir ja den Übeltäter.«

In diesem Moment ertönte die Alarmklingel – Fliegeralarm!

»Das ist doch wohl ein schlechter Witz«, stieß der LI ungläubig hervor.

Leider war es das nicht. Einige Augenblicke zuvor war einer der Ausgucke auf dem Turm für eine halbe Sekunde erstarrt, als er einen dunklen Punkt am Horizont ausgemacht hatte. »Flugzeug in eins-fünf-fünf!«, warnte Zander.

Leutnant Pauli fuhr auf dem Absatz herum und riss das Glas vor die Augen. Da war kein Zweifel möglich, eine weitere Sunderland hielt genau auf sie zu! Kam sie von Gibraltar? Wer vermochte es zu sagen?

»Fliegeralarm! Alles unter Deck! Klar zum Alarmtauchen!«

Wie vom Teufel gehetzt, verschwanden die Männer durch die Luke.

Pauli schlug das Turmluk zu und kurbelte am Vortreiber. »Turmluk ist dicht! Fluuten!«

Im Maschinenraum erstarb das Donnern des Backborddiesels und die E-Maschinen sprangen mit einem Surren an.

»Alarmtauchen! Auf 100 Meter gehen!«

Das Boot schoss steil in die Tiefe. Der Kommandant hatte keine andere Wahl, er musste *U 139* aus dem Wirkungsbereich der Wasserbomben bringen, die der Brite jeden Augenblick abwerfen konnte.

Im Maschinenraum bewegte sich der Kolben nun in Richtung Bug und drohte, die Rohre der Trimmtanks zu treffen. Stollenberg klammerte sich eisern am Kolben fest und wurde von diesem gegen die Rohrleitungen gepresst. Ein schmerzhaftes Stöhnen entwand sich seinen Lippen.

Da erfasste auch Dahlen die Lage und stemmte sich mit aller Kraft gegen den vermaledeiten Kolben, der den LI einquetschte.

Stollenberg glaubte schon, der Kolben zerdrücke ihm die Rippen, als es Dahlen gelang, den auf dem LI lastenden Druck etwas zu vermindern. Dicke Schweißtropfen standen auf dem Gesicht des Fähnrichs und er keuchte vor Anstrengung.

Eine Kette von heftigen Erschütterungen lief durch den Bootskörper, dann folgte das Grollen der Unterwasserexplosionen – die Wabos des Flugbootes gingen zwar weit ab von *U 139* hoch, aber das Boot bewegte sich trotzdem wie ein bockendes Pferd hin und her, auf und nieder. Das versetzte den Kolben im Maschinenraum wieder in Bewegung. Aber er durfte sich nicht bewegen!

An den zusammengebissenen Zähnen von Stollenberg und Dahlen vorbei, brach sich ein gequältes Stöhnen seinen Weg hervor. Mit aller noch vorhandenen Kraft hielten sie den Kolben umklammert.

Eine Minute verrann und das Boot erreichte eine Tiefe von 100 Meter. Langsam pendelte sich *U 139* ein und der Kolben bewegte sich wieder in eine neutrale Stellung zurück.

Kaleu Wegener kam in den Maschinenraum geeilt und blieb erst einmal perplex stehen, als er die keuchenden und verschrammten Männer am Kolben erblickte.

»Um Himmels Willen! Wie seht ihr denn aus?«, entfuhr es ihm erschrocken.

»Wir mussten doch den Kolben sichern, damit er uns hier hinten nicht alles kurz und klein schlägt«, presste Stollenberg mühsam hervor.

»Menschenskinder! Los, zum Sani mit euch!«

»Geht jetzt nicht, Herr Kaleu«, warf der LI ein. »Ich werde hier gebraucht. Der Ott soll sich hierhin auf den Weg machen!«

Der Smutje, der ja auch als Sanitäter fungierte, eilte sofort in den Maschinenraum und untersuchte den LI. »Gebrochen scheinen die Rippen nicht zu sein, aber womöglich geprellt.«

»Das weiß ich selber!«, fuhr ihn Stollenberg genervt an. »Machen Sie was dagegen!«

Ott bandagierte dem LI die Rippen, mehr konnte er im Augenblick nicht tun.

Leider war die schadhafte Laufbuchse nicht die einzige, die vom Seewasser zerfressen worden war; vier andere Buchsen des Steuerborddiesels wiesen ähnliche Defekte auf.

»Na, Mahlzeit«, kommentierte Jahnen diese Entdeckung etwas launig. »Wir haben jetzt nur noch eine einzige Buchse in Reserve.«

»Hoffen wir, dass wir die nicht auch noch brauchen«, meinte Stollenberg und rieb sich die schmerzenden Rippen. »So, Jungs! Dann bauen wir die Maschine mal wieder zusammen!«

Vier weitere Stunden plagten sich die Männer im Maschinenraum ab, dann kamen Stollenberg und Dahlen mit müden, steifen Bewegungen, aber mit einem Lächeln, in die Zentrale gestiegen.

»Der Leitende Ingenieur, Leutnant zur See Stollenberg, meldet: Der Steuerbord-Diesel ist wieder klar, Herr Kaleu«, sagte der LI salutierend.

Wegener schüttelte den Kopf. »Das ist zwar gut zu hören, LI, aber sind Sie sicher, dass Sie sich nur die Rippen und nicht auch den Kopf gestoßen haben?«

»Da bin ich mir relativ sicher, Herr Kaleu.«

»Sehr schön«, griente Wegener. »Der Diesel ist also wieder klar?«

»Jawohl, Herr Kaleu. Das heißt…«, stockte der LI mitten im Satz und runzelte die Stirn.

»Das heißt… was?«, fragte Wegener misstrauisch nach.

»Na ja, die hier haben wir irgendwie übrigbehalten«, meinte Stollenberg und zog einige Schrauben aus der Tasche. »Wir wissen einfach nicht mehr, wo wir die ausgebaut haben.«

»Was? Ihr habt Teile des Diesels überbehalten? Wie sollen wir dann jetzt…«, begann Wegener, unterbrach sich aber, als er das breite Grinsen im Gesicht des LI und des IIWO erblickte. »Oh…«

In der Zentrale brauch lautes Gelächter aus, in dem sich die Anspannung der letzten Stunden löste; einzig Leutnant Pauli stand mit saurer Miene hinter dem Kommandanten und lachte nicht mit.

»Keine Sorge, Herr Kaleu! Der Diesel ist völlig in Ordnung!«, versicherte Stollenberg. »Wir wollten Sie nur ein wenig auf die Rolle nehmen.«

»Das wusste ich natürlich, LI«, behauptete Wegener trocken. »Ich wollte Ihnen ja auch nur nicht den Spaß vermiesen.«

»Selbstverständlich, Herr Kaleu!«

»Also dann!« Endlich konnte Wegener das so lange herbeigesehnte Kommando geben: »Anblasen. Auf Sehrohrtiefe gehen!«

»Auf Sehrohrtiefe gehen!«

Langsam und weich schwebte *U 139* wieder aus den dunklen Tiefen empor, in denen sich das Boot verborgen hatte.

»Sehrohr ausfahren!«

»Sehrohr fährt aus!«

Wegener klappte die Handgriffe herunter und nahm einen schnellen Rundblick.

»Keine Flugzeuge. Keine Schiffe. Auftauchen! Brückenwache in den Turm!«

Das Boot brach durch die Wasseroberfläche, das Luk flog auf und die Männer hasteten nach oben, um ihre Positionen einzunehmen.

»E-Maschine Stopp! Auf Diesel umkuppeln!«

Obermaat Jahnen betätigte den Starter und grinste breit, als beide Diesel donnernd ansprangen und dann mit einem ruhigen, gleichmäßigen Hämmern ihren Dienst aufnahmen.

»Gute Arbeit, LI. Und auch von Ihnen, IIWO«, lobte Wegener in der Zentrale. »Sie dürfen sich was wünschen.«

»Na, dann würde ich doch für die Maschinenraumcrew einen ›Besanschot an‹ vorschlagen«, meinte Stollenberg prompt.

»Sie wollen sich einen Schnaps hinter die Binde gießen, Herr Stollenberg?«, tat Wegener gespielt verwundert.

»Wer möchte das denn nicht, Herr Kaleu?«, fragte der LI mit einem ebenso unschuldigen wie falschen Gesichtsausdruck.

Wegener sah, wie die Männer in der Zentrale die Zähne zeigten.

»Na gut, ist hochverdient und damit genehmigt. ›Besanschot an‹ für die gesamte Besatzung, Herr Brandes. Das sollte allen helfen, den Schrecken wegen des kaputten Diesels zu vergessen.

Auch wenn der »Besanschot an« die Moral der Besatzung natürlich gewaltig hob, blieben einige Bedenken zurück. Sollten noch mehr Laufbuchsen ausfallen, würden sie wieder vor dem gleichen Problem wie zuvor stehen. Obermaat Jahnen und die Maschinenraumcrew beobachteten die Diesel mit Argusaugen und lauschten auf jede noch so kleine Veränderung im Geräuschpegel der stampfenden Maschinen. Selten zuvor wurden an Bord eines U-Bootes die beiden Dieselaggregate so sehr gehegt und gepflegt worden wie in diesen Tagen auf *U 139*. Der LI wurde dabei gesehen, wie er persönlich mit dem Ölkännchen in der Hand bei den Maschinen das Schmieröl nachfüllte und dabei beruhigend auf die Diesel einredete.

Schließlich trafen sie weit vor den Azoren wieder mit dem Rest des Rudels zusammen.

»Horchraum an Zentrale: Schraubengeräusch in zwo-zwo-null, zwo-zwo-vier und zwo-zwo-sieben. Entfernung sechs bis acht Seemeilen. Klingt nach U-Booten«, meldete Sonargast Felmy.

»Zentrale an Horchraum: Was soll diese ungenaue Meldung? Sind es nun U-Boote oder nicht?«, gab Pauli als Wachhabender zurück. Dessen Stimmung hatte sich die letzten Tage auch weiterhin verschlechtert.

»Die Kontakte machen kleine Fahrt, aber die Schraubenumdrehungen sind typisch für U-Boote. Sie kreuzen genau in Planquadrat CX12, deshalb vermute ich, dass wir auf den Rest unseres Rudels gestoßen sind.«

»Sie sollen klare und genaue Meldungen abliefern, keine Vermutungen«, schnarrte Pauli.

»Jawohl, Herr Leutnant.«

»Wisbar! Sind die Kontakte schon eingetragen? Kreuzen sie wirklich in Quadrat CX12?«

Der Navigationsgast tippte mit dem Bleistift auf die Seekarte. »Jawohl, Herr Leutnant. Die drei Kontakte befinden sich genau am Treffpunkt CX12.«

»Lassen Sie mal sehen!« Pauli beugte sich über die Karte. »Hmm. Könnte sogar stimmen.«

Die Äußerung gefiel Wisbar nun gar nicht. »Die Angaben sind wie stets peinlich genau, Herr Leutnant.«

Pauli richtete sich drohend auf und blaffte: »Wollen Sie sich etwa mit mir anlegen, Wisbar?«

Der Kommandant schwang sich durch den Kugelschott in die Zentrale. »Na, was ist denn los, Herr Pauli?«

»Gar nichts, Herr Kaleu«, sagte der Leutnant und salutierte hastig. »Wir haben lediglich die drei Kontakte besprochen, die der Horchraum erfasst hat.«

»Drei Kontakte? Der Rest unseres Rudels?«

»Scheint so, Herr Kaleu. Ich würde bei der Annäherung dennoch größte Vorsicht empfehlen.«

»Wir sind doch immer vorsichtig, IWO. Die Mutter der Porzellankiste«, meinte Wegener gut gelaunt. »Also: auf Sehrohrtiefe anblasen! Brückenwache in Bereitschaft!«

»Auf Sehrohrtiefe! Brückenwache in Bereitschaft!«

U 139 stieg auf eine Tiefe von sechs Meter auf.

»Sehrohr ausfahren!«

»Sehrohr fährt aus!«

Der Kommandant drehte seine alte, speckige Mütze nach hinten, während das Periskop aus seinem Schacht nach oben glitt, und trat dann an die Optik.

»Der Luftraum ist frei … Keine Schiffe in Sicht …. Aha! Da kommt ein U-Boot an die Oberfläche! Das ist *U 142*! Wir haben unser Rudel wiedergefunden! Auftauchen! Brückenwache in den Turm! Sehrohr einfahren!«

Das Boot tauchte auf und die Brückenwache enterte sofort in den Turm, darunter war auch Leutnant Pauli. Der Kommandant schlüpfte in seine Jacke und winkte den Navigationsgast zu sich heran.

»Was gab es denn da mit Leutnant Pauli?«, fragte er.

»Nichts, Herr Kaleu.«

»Nun reden Sie schon, Wisbar!«

»Der Herr Leutnant glaubte, dass meine Eintragungen auf der Seekarte nicht stimmen würden, Herr Kaleu.«

»Ich habe noch nie erlebt, dass Sie eine falsche Eintragung vorgenommen hätten, Otto«, sagte Wegener und klopfte dem Navigationsgast auf die Schulter. »Nehmen Sie es sich nicht zu Herzen. Der Leutnant ist noch im Lernen begriffen.«

Wegener stieg die Leiter hinauf.

»Von wegen im Lernen begriffen«, moserte Obersteuermann Wahl. »Der Pauli ist ein Arsch und sonst gar nichts.«

»Vorsicht, Stefan«, warnte ihn Wisbar. »Wenn unser kleiner Hitlerjunge dich hört, dann bringt der dich glatt vors Kriegsgericht.«

»Hitlerjunge, das ist gut!«, gluckste Wahl. »Das passt doch!«

Oberleutnant Petersen von *U 142* war erleichtert, Wegener zu sehen. »Was hat euch denn so lange aufgehalten, Hans? Wir dachten schon, es hätte euch erwischt!«, rief er herüber, als dessen U-Boot auf Parallelkurs eingeschwenkt war. Hinter ihm waren nun auch *U 136* und *U 147* an die Oberfläche gekommen.

»Wir hatten Probleme mit unseren Dieselmaschinen und mussten sie erst reparieren!«, gab Kaleu Wegener zurück, holte tief Luft und fügte lautstark hinzu: »Thomas, könnt ihr uns mit ein paar Laufbuchsen aushelfen?«

»Einen Moment!« Petersen beugte sich über den Befehlsübermittler und fragte bei seinem LI nach. »Ja, wir haben noch alle sechs Buchsen in Reserve! Du kannst zwei davon haben! Schickt euer Schlauchboot rüber!«

»Danke, Thomas! Kommt sofort!« Wegener rief die Zentrale: »Das Schlauchboot fertig machen!«

Die Luke auf dem Achterdeck klappte auf und Brandes erschien zusammen mit dem IIWO und einigen Männern. Rasch bereiteten sie das Schlauchboot vor, indem sie es mit einer Pressluftflasche aufbliesen.

»Schlauchboot ist klar!«, meldete Brandes dann.

»Nanu, Brandes! Wo haben Sie denn das Schlauchboot her?«, wunderte sich Wegener. »So ein Modell habe ich aber noch nie gesehen.«

»Ist ja auch ein amerikanisches Modell, Herr Kaleu«, antwortete der Oberbootsmann. »Wurde in Brest erbeutet. Ist viel stabiler als unsere eigenen, möchte ich meinen. Und es verfügt sogar über einen kleinen Benzinmotor.«

»Aha.« Wegener sah, wie die Männer versuchten, das Schlauchboot zu Wasser zu bringen. »Stopp, Brandes! So wird das nichts! Wir fluten das Achterschiff, dann kann die Mannschaft einfach vom Deck wegpaddeln! Wenn es klappt, haben wir etwas für den Einsatz vor Puerto Rico gelernt.«

»Jawohl, Herr Kaleu! Das Achterschiff räumen!«, trieb Brandes die nicht benötigten Männer unter Deck.

»Achterschiff vorfluten!«

»Achterschiff wird vorgeflutet!«

Das Heck des Bootes sackte nach unten und Wellen spülten darüber hinweg. Brandes, der IIWO sowie Möller und Kubelsky konnten ohne Probleme zu *U 142* hinübersteuern. Petersen hatte sein Achterschiff ebenfalls geflutet und so konnte sie die Ersatz-Buchsen einfach entgegennehmen, die ihnen vom Turm aus heruntergereicht wurden. Danach tuckerten sie zu ihren beiden anderen Schwesterbooten, wo sie jeweils eine weitere Buchse erhielten.

»Haltet ja die Augen offen, Männer«, ermahnte Wegener die Ausgucke. »Wenn uns jetzt ein Flieger erwischt, müssen wir ganz schnell in den Keller.«

Aber der Feind war an diesem Tag wohl zu Hause geblieben, aß Crumpets und trank Tee dazu.

Nach einigen Minuten kam das Schlauchboot zurück und rutschte mit dem Gummiboden auf das Achterdeck.

»Achterschiff anblasen!«

U 139 richtete sich wieder auf und sofort kamen die Männer an Deck. Der IIWO und Brandes hielten die Ersatzbuchsen in den Armen, als handelte es sich um Neugeborene.

»Vier neue Buchsen, Herr Kaleu!«, rief Brandes vom Heck zum Turm hinauf.

»Sehr schön, Brandes! Bringen Sie die Dinger gleich unter Deck. Der LI freut sich schon!«

»Jawohl, Herr Kaleu!«

Rasch wurden die Buchsen unter Deck gebracht, während die Decksmannschaft die Luft aus dem Schlauchboot entweichen ließ und es wieder in ein handliches Päckchen verwandelte. Auch dieses Paket wurde unter Deck verstaut und die Männer stiegen wieder ein.

»Hat doch alles gut geklappt«, zeigte sich Wegener erfreut. »In dem Stil kann es meinetwegen ruhig weitergehen.«

Obwohl ihn die Neugierde trieb, verzichtete Wegener darauf, sich die zum neutralen Portugal zählenden Azoren durch das Periskop anzusehen. Die Azoren lagen rund 740 Seemeilen westlich des europäischen Festlands und bestanden aus neun größeren und kleineren Inseln. Laut B-Dienst, also der für die Funkaufklärung zuständigen Abteilung des Marinenachrichtendienstes, hatten die Alliierten den Portugiesen irgendwie die Erlaubnis abgerungen, auf den Inseln Stützpunkte für ihre Luft- und Seestreitkräfte errichten zu dürfen. Auf eine Art hätte Wegener gerne selbst einmal einen Blick auf den Fortschritt dieser Arbeiten geworfen, auf der anderen Seite ging sein Auftrag jedoch vor. Sicher war jedoch bereits jetzt, dass die neuen alliierten Stützpunkte auf den Azoren den Einsatz der deutschen U-Bootwaffe weiter erschweren würden.

Der Kommandant lauschte einem Moment lang auf die gleichmäßig hämmernden Diesel, nickte dann zufrieden und zog sich in seine Kammer zurück. An der Wand glänzte Schwitzwasser, denn der Entlüfter kam gegen die hohe Luftfeuchtigkeit an Bord nicht mehr an. Eine bekannte Folge davon war, dass sich an der Ersatzkleidung »Masern« bildeten. So nannten die U-Bootfahrer die Schimmelflecke, die sich auf ihren Klamotten zeigten. Der Schimmel steuerte sodann eine weitere Note zum allgegenwärtigen Mief an Bord bei, die im Gestank nach Diesel und ungewaschenen Männerkörpern jedoch fast unterging. Wasser zum Waschen war so gut wie gar nicht vorhanden, und bei den Besatzungsmitgliedern gereichten die Bärte inzwischen zu wucherndem Gestrüpp.

Wegener rieb sich den juckenden Kinnbart, während er in seine Notizen blickte. Der Kaleu beschäftigte sich intensiv mit dem Einsatzort, den Missionszielen sowie mit der Stärke der dort vermuteten Feindkräfte. Er zog die Seekarte aus dem Fach über sich und rollte sie auf dem kleinen Klapptisch seiner Kabine aus. Mit seiner Kaffeetasse und seinem Notizbuch verhinderte der Kaleu dann, dass sich die Karte wieder von allein aufrollte. Die Karibik war in den Gedanken der meisten Menschen mit sonnenbeschienen Inseln verbunden, tatsächlich aber wurde das Gebiet regelmäßig von tropischen Wirbelstürmen heimgesucht und bot auch navigatorisch einige Herausforderungen.

Die Briten bezogen einen großen Teil ihrer kriegswichtigen Rohstoffe aus Südamerika. Von den südamerikanischen Häfen aus steuerten die zahllosen Frachtschiffe und Tanker so schnell wie möglich die nordamerikanische Ostküste an. Ihr Weg führte sie dann hinauf in die kanadischen Häfen, wo sie sich zu großen Geleitzügen sammelten, die später den Atlantik überquerten.

Die einzige Waffe im deutschen Arsenal, die die notwendige Reichweite aufwies, um in der Karibik oder vor der Ostküste der Vereinigten Staaten zu operieren, waren nun einmal die großen U-Boote der Kriegsmarine. Und natürlich war es viel erfolgversprechender, die Einzelfahrer in der Karibik zu stellen als die schwer gesicherten Geleite im Nordatlantik anzugreifen. Zu viele ihrer Kameraden waren inzwischen von der Feindfahrt nicht zurückgekehrt und die Verlustliste wurde aller Propaganda zum Trotz immer länger. Sogar Männer wie

Günther Prien, der Held von Scapa Flow und mit 32 Versenkungen einer von Deutschlands besten U-Bootkommandanten, war inzwischen mit seinem Boot ins nasse Seegrab gefahren. Wegener fragte sich im Stillen, ob dieser Kampf, den sie tagtäglich führten, überhaupt noch einen Sinn ergab. Er verwarf den Gedanken jedoch rasch wieder; sollte die Gestapo – die Geheime Staatspolizei – jemals von diesen Überlegungen erfahren, wären die Folgen mehr als nur unangenehm.

Hat Ihnen der Auszug gefallen?
Dann bestellen Sie sich den kompletten Roman
„Auf Feindfahrt mit U 139“

Ihre Zufriedenheit ist unser Ziel!

Liebe Leser, liebe Leserinnen,

hat Ihnen unser Buch gefallen? Haben Sie Anmerkungen für uns? Kritik? Bitte zögern Sie nicht, uns zu schreiben. Wir werden jede Nachricht persönlich lesen und beantworten.

Schreiben Sie uns: info@ek2-publishing.com

Wussten Sie schon, dass Sie uns dabei unterstützen können, deutsche Militärliteratur sichtbarer zu machen? Bitte nehmen Sie sich einen Moment Zeit und bewerten Sie dieses Buch online. Viele positive Rezensionen führen dazu, dass das Buch mehr Menschen angezeigt wird.

Sie können somit mit wenigen Minuten Zeitaufwand unserem kleinen Familienunternehmen einen großen Gefallen tun. Vielen Dank für Ihre Unterstützung!

PS: In seltenen Fällen kommt ein Buch beschädigt beim Kunden an. Bitte zögern Sie in diesem Fall nicht, uns zu kontaktieren. Selbstverständlich ersetzen wir Ihnen das Buch kostenlos.

Landser im Weltkrieg – **„Grüne Teufel"** erscheint im Monat August als E-Book und Taschenbuch überall, wo es Bücher gibt!

Wie lange ich mit den Kameraden meines Zuges auf diesen gottverfluchten Felsen wie eine Bergziege hockte, wusste ich nicht mehr genau zu sagen. Jedenfalls viel zu lange. Dabei wünschte ich mir nichts Sehnlicheres, als dass dieses furchtbare Ringen um den Berg bald ein Ende haben würde.

Wir, das waren die Männer der deutschen 10. und 14. Armee. Ich selbst gehörte dem II. Bataillon des Fallschirmjäger-Regiments 1, der 1. Fallschirmjäger-Division an, die von Generalleutnant Richard Heidrich kommandiert wurde. Mit dem I. Bataillon des FJR 1 und des III. Bataillon des FJR 3 unter Führung von Oberst Karl Lothar Schulz, einem alten Haudegen der deutschen Fallschirmtruppe, der schon bei Rotterdam und auf Kreta mit von der Partie gewesen war, waren wir gemeinsam mit dem Fallschirm-MG-Bataillon 1 unter Major Herbert Werner Schmidt, die ersten, die am und um den Monte Cassino Stellung bezogen. Allerdings verschanzten wir uns nicht, wie von den Tommys und Amis angenommen, im Kloster selbst. Stattdessen hatten an umliegenden Berghängen starke Verteidigungs- und Gefechtsstellungen errichtet. Auch existierten hier keine Waffen- oder Nachschublager der Wehrmacht, wie ebenfalls falsch vermutet.

Wie stets in diesem Kriege galten die Fallschirmjäger, die zumeist buchstäblich in letzter Stunde eingesetzt wurden, als »Feuerwehr«, um ausgebrochene Brände zu löschen, zu denen keine anderen Truppeneinheiten fähig waren.

Landser im Weltkrieg
kaufen!

Direkt zur Serie:

Keine Neuerscheinung verpassen und gratis E-Book sichern!

Tragen Sie sich in den Newsletter von EK-2 Militär ein, um über aktuelle Angebote und Neuerscheinungen informiert zu werden und an exklusiven Leser-Aktionen teilzunehmen.

Als besonderes Dankeschön erhalten Sie kostenlos das E-Book »Die Weltenkrieg Saga« von Tom Zola. Enthalten sind alle drei Teile der Trilogie.

Link zum Newsletter:
https://ek2-publishing.aweb.page

Über unsere Homepage:
www.ek2-publishing.com

Lernen Sie den neusten Kracher aus dem Hause EK-2-Militär kennen!

Wandeln Sie auf den Spuren des berühmten wie berüchtigten Apachen-Kriegers Geronimo und lassen Sie sich von seiner wechselvollen Lebensgeschichte voller Höhen und Tiefen, Siege und Niederlagen inmitten der Indianerkriege mitreißen.

Eine Veröffentlichung der EK-2 Publishing GmbH

Friedensstraße 12

47228 Duisburg

Registergericht: Duisburg

Handelsregisternummer: HRB 30321

Geschäftsführerin: Monika Münstermann

E-Mail: info@ek2-publishing.com

Homepage: www.ek2-publishing.com

Cover/Umschlag: Kayla Pelgrim

Autor: Stefan Köhler

Lektorat: Jill Marc Münstermann

Buchsatz: Heiko Piller

1. Auflage Juni 2024

Druckhinweis: Druckhinweis:

Libri Plureos GmbH

Friedensallee 273

22763 Hamburg